Ailnia
Bop Siúáidí

Ruaidhrí Ó Báille

✓CJFallon

Do mo thuismitheoirí
Anne agus Gerry
le grá agus le buíochas

Bhuaigh an leabhar seo duais i gcomórtais liteartha an Oireachtais sa bhliain 1989.

Leabhair eile le Ruaidhrí Ó Báille:

An Tobar (Udarás na Gaeltachta/Bord na Gaeilge 1985)
Dúnmharú ar an Dart (Cló Iar Chonnachta 1989)
Imithe! (Foilsitheoirí Scoileanna agus Coláistí 1992)

Arna fhoilsiú ag C J Fallon, Bóthar Leamhcáin, Baile Phámar, Baile Átha Cliath 20, agus arna chlóbhualadh ag Mount Salus Press, Baile Átha Cliath 12.

Clár

1 Callán Oíche

'Aieeeee!'

Dhúisigh Niamh de gheit. Taibhsíodh di go raibh an leaba ag crith fúithi faoi mar a bheadh eitleán ag tuirlingt lasmuigh den fhuinneog! Shín sí a lámh amach sa dorchadas ag méarnáil léi gur aimsigh sí corda an lampa a bhí ar crochadh os a cionn. Ghoin an solas tobann a súile. Chuimil sí dá bosa iad agus í ag iarraidh an clog a léamh trí speabhraídí an chodlata.

'A thiarcais! A trí a chlog ar maidin! Céard tá ar siúl aige? Tá sé craiceáilte. Tá deireadh leis an babhta seo!'

Chaith sí a fallaing sheomra uirthi féin go sciobtha, agus síos léi go beo chuig an gcistin, as a raibh an callán míbhinn ag teacht.

'A Choilm! As ucht Dé, céard tá ar siúl agat? Tá sé a trí a chlog ar maidin!'

Bhí a dearth'air ina sheasamh i lár an urláir agus giotár leictreach úrnua crochta timpeall a mhuiníl aige. D'fhéach sé uirthi, a shúile lonracha ag damhsa ina cheann le scóip.

'Ná bac sin, a Níní, féach air seo. Féach air seo, a deirim! Nach bhfuil sé go hálainn?'

Bhí súile Niamh ag dul amach as a ceann le hiontas.

'In ainm Dé! Cá bhfuair tú é?'

'San áit chéanna ina bhfuair mé seo!'

Leag sé a lámh ar an aimplitheoir mór dubh in aice leis go ceanúil.

' 'Marshall' atá ann, 100 vata an cainéal. Níl sé ach ag uimhir a haon agam. Ag uimhir a deich leagfadh sé an teach!'

'Leagfaidh Daid thusa nuair a fheiceann sé é!'

D'imigh an meangadh sásta dá aghaidh.

'Sea. Bhí a fhios agam go mbeadh an seanleaid ag imirt gailf an deireadh seachtaine seo. Sin é an fáth ar fhan mé go dtí inniu le hé a cheannach.'

'Ó a dhiabhail álainn! Cheannaigh tú an stuif sin? Cá bhfuair tú an t-airgead?'

D'fhéach sé uirthi go staidéarach ar feadh cúpla soicind sular labhair sé.

'Bhuel, an cuimhin leat an ríomhaire sin a . . . . .'

'Stop! Ná habair é!'

'Ach . . .'

'A Choilm Uí Bhriain. An bhfuil tú ag rá liom gur dhíol tú an ríomhaire a cheannaigh Daid duit le haghaidh do lá breithe chun giotár a cheannach?'

Níor fhreagair sé í.

'Abair liom nach bhfuil sé fíor. Abair liom go mbeidh deartháir beo beathach agam deich soicind tar éis do Dhaid siúl isteach an doras oíche amárach!'

'Ach a Níní tá . . .'

'Agus ná bí ag tabhairt Níní orm! Is fuath liom é, tá sé páistiúil. Tá mé i mo scoláire Ollscoile anois. Ní féidir leat a bheith ag gabháil thart ag tabhairt Níní orm! Dá gcloisfeadh mo chairde é, bheinnse i mo cheap magaidh acu ar fad!'

Bhain Colm crios an ghiotáir dá mhuineál.

'Féach a Nín . . . a Niamh, níl aon spéis agamsa i ríomhairí. Níl aon tuiscint agam orthu fiú. Tá a fhios aige sin. Níl uaidh ach a chur ina luí ar a chómhúinteoirí sa scoil gur ginias atá aige mar mhac.'

'Níl sé sin féaráilte! Ba bhronntanas é.'

Lig sé osna fhada, agus shuigh sé síos ag an mbord.

'Tá a fhios agam sin, ach níor fhéach mé ar an diabhal rud ó cheannaigh sé é. Bhí a fhios aige gur theastaigh giotár leictreach go géar uaim. Gan an trealamh ceart, níl dada i ndán do Phus Muice mar ghrúpa. Tá seit iontach drumaí ceannaithe ag Pól. Leis an aimplitheoir seo, agus leis an ngiotár nua – is cóip de Stratocaster é! – ní bheidh aon teorainn linn.'

D'fhill an meangadh dána ar a bheola tanaí.

'Cuir síos an citeal, maith an cailín.'

'Cuir thú féin síos é. Tá mise ag dul ar ais a luí.'

D'fhéach sé uirthi, leis an bhféachaint shotalach sin a chuirfeadh ar buile í uaireanta.

'B'fhiú gach pingin é.'

Fuair an fhiosracht an ceann ab fhearr uirthi, agus ghlac sí leis an mbaoite.

'Cé mhéad a thug tú air, mar sin?'

'Sé chéad punt.'

Leath a béal uirthi.

'Ní bhfuair tú sé chéad punt ar an ríomhaire sin! Conas a fuair tú an chuid eile?

Shiúil sé thairsti agus rug sé ar an gciteal.

' 'Dhiabhail, tá mé spallta leis an tart!'

Lean sí é agus thug sí aghaidh air.

'Cé mhéad a fuair tú ar an ríomhaire? Inis dom!'

'Trí chéad caoga.'

Thit sí isteach i gcathaoir go lag.

'Céard eile atá díolta agat? A Choilm, má fuair tú réidh le haon rud de mo chuidse . . .'

'Tóg bog é, tóg bog é!' Bhí cantal ina ghlór. 'Ní dhéanfainnse rud mar sin ort! An dóigh leat gur scraiste ar fad mé?'

'Cuir an cheist sin ar Dhaid amárach!'

Líon sé an citeal, agus chuir síos é.

'Ní raibh orm aon airgead eile a fháil. Beidh mé á íoc de réir a chéile. Trí phunt in aghaidh na seachtaine go ceann trí bliana, agus . . .

Leis sin, chuala siad eochair á casadh i ndoras na sráide.

D'fhéach siad ar a chéile le hiontas. Chualathas glór a n-athar san halla, agus é ag caint leis féin.

'A leithéid de mhí-eagar! A ghabháil go Corcaigh le cluiche a imirt agus a fháil amach go raibh mé seachtain luath! Nuair a bhéarfas mise greim ar an liúdramán sin Mac Lochlainn, beidh cúpla rud le rá agam leis. Ní fhéadfadh sé cluiche cártaí a eagrú gan trácht ar chluiche gailf!'

Chonaic sé solas na cistine ar lasadh.

'Ha! D'fhág siad an solas ar lasadh arís. Ceapann an bheirt sin gur milliúnaí mé. Cén t-am é in aon chor? Beidh braon sciobtha tae agam sula ngabhfaidh mé a . . .'

Ar dhul isteach an doras dó chonaic sé a bheirt pháistí ag stánadh air mar a bheadh péire amadán os a chomhair.

'Huth?? Ó, bhain sibh geit asam. Céard tá ar siúl aga. . . .'

Rinneadh dhá leath den fhocal ina bhéal. D'fhan sé ansin ina staic, a shúile sáite san fhathach cearnógach dubh a raibh seilbh glactha aige ar a chistin. Lean a shúile an corda catach gur thuirling siad ar an uirlis gheal ghléasta a bhí ina luí i gcoinne an chuisneora. Thug sé súil chiorraithe ar a mhac. Thug a mhac féachaint stuacach ar ais air, ach ní dúirt ceachtar díobh dada. D'fhéach Niamh go cúramach ar a hathair, a raibh an fhearg ag fáil an lámh in uachtar ar an iontas ina aghaidh.

D'imigh cúpla soicind eile thart gan focal as aon duine. Ansin, d'iompaigh an t-athair ar a sháil agus d'fhág sé an seomra, ag dúnadh an dorais go ciúin ina dhiaidh.

Labhair Colm.

'Tá a fhios aige gur dhíol mé an ríomhaire. D'aithin mé ar a shúile é. B'in a bhagair mé air nuair a thug sé dom é. A dhiabhail! Shíl mé go raibh sé chun mé a stróiceadh as a chéile ar feadh nóiméid! An fhéachaint sin aige!'

'Ghortaigh tú é.'

Ní bhreathnódh sé uirthi. D'ardaigh sé an giotár leis agus d'imigh suas go dtí a sheomra codlata gan focal eile a rá.

D'fhill Niamh ar a seomra féin, ach má d'fhill, ba chorrach a suan an chuid eile den oíche. De bhreis ar eachtra na cistine, bhí cúrsaí an tí i gcoitinne ag déanamh buartha di. Ó fuair a Mam bás dhá bhliain roimhe sin, bhí saol an teaghlaigh iompaithe bunoscionn ar fad. Agus bhí athrú mór tagtha ar a hathair. Tráth dá raibh, ba chleasaí gealgháireach é, d'fhéadfadh sé a bheith craiceáilte glan,

scaití. Dhéanadh sé rudaí seafóideacha nuair a bhíodh a cairde sa teach, ag cur náire an domhain uirthi. Tháinig sé isteach agus rós ina bhéal ag canadh 'Viva Espana' lá amháin nuair a bhí Niamh agus cara ón scoil ag dul amach le beirt scoláirí Spáinneacha, an samhradh tar éis di an Teastas Sóisearach a dhéanamh. Ba bhreá léi dá slogfadh an talamh í an lá sin!

Bhí sé féin agus Mam dúnta i ngrá le chéile. Uaireanta, chuireadh sé drithlíní léi iad a fheiceáil ag filleadh ón Aifreann Dé Domhnaigh agus iad lámh ar láimh le chéile ar nós cúpla déagóir.

Bhí a fhios ag Daid go raibh Mam ag gabháil a fháil bháis i bhfad sula ndúirt sé rud ar bith le haon duine. Faoin am a thángthas ar an aicíd bhí sé ródhéanach. Gealladh bliain di, ach níor mhair sí ach sé mhí. Ní raibh Niamh dall ar thinneas a máthar, ach bhí sí i ngiorracht cúpla mí den bhás sula ndeachaigh fírinne an scéil i gcion uirthi i gceart. Bhí an t-uafás meáchain caillte ag Mam, agus thuirseodh an tsiúlóid ba ghiorra féin í. Sa deireadh, d'fhiafraigh Niamh glan amach dá hathair céard a bhí ag tarlú. Oíche fhuar i dtús an Earraigh a bhí ann, agus bhí Mam imithe a chodladh go luath mar go raibh coinne dochtúra roimpi an lá dár gcionn. Nuair a chuala Daid an cheist, d'athraigh a cheannaithe go tobann, agus tháinig dreach ainnis ar a aghaidh mar a bheadh sé i bpian. Ní dhearna sé ach a lámha a chur timpeall uirthi agus í a fháscadh lena chroí. Bhí eagla uirthi go bhfáiscfeadh sé an t-anam ar fad aisti. Scaoil sé léi agus rug sé ar láimh uirthi.

'A Niamh, tá do Mham an-tinn. Bhí an méid sin ar eolas agat. Ach tamall ó shin, bhuaileamar leis na dochtúirí, agus . . . . . .'

Níor fhéad sé an abairt a chríochnú.

'An bhfuil sí chun bás a fháil?'

Ní dhearna sé ach a cheann a chlaonadh. Shuigh sé ag an mbord, a éadan ar a dhorn dúnta, agus, cé nach ndearna sé fuaim ar bith, chonaic Niamh go raibh deora lena ghrua ina gcaisí. Ó am go chéile, thiocfadh snag anála air, agus is le dua a bhrúfadh sé faoi an racht cruaghoil a bhuail é. Bhí Niamh scanraithe. Ní fhaca sí ag caoineadh é riamh cheana. Rinne sí mar a dhéanann daoine de ghnáth ar ócáid mar sin. Rinne sí cupán tae.

'Ól sin, a Dhaid, agus braithfidh tú níos fearr.'

D'ól sé an tae go mall tostach. Ba thruaméileach an feic é, é ag stánadh amach fuinneog na cistine, a shúile folamh gan brí ar bith iontu. Sa deireadh, thiontaigh sé uirthi ag déanamh leathgháire faiteach léi.

'Ná bí buartha fúm. Tá mé ceart go leor. Ar bhealach, tá áthas orm gur chuir tú an cheist. Ní raibh a fhios agam conas a déarfainn leat é.'

D'fhéach sé uirthi go ceanúil.

'Is cladhaire mé, an dtuigeann tú. Ní raibh sé de mhisneach agam an fhírinne a insint duit. Is dóigh liom go raibh gearrshúil agam go dtiocfá air tú féin.'

Rinne sí cupán caifé di féin, agus shuigh sí os a chomhair.

'Céard faoi Cholm? Ní thuigeann seisean. An bhfuil cead agam an scéal a nochtadh dó siúd?'

'Níl!'

Chuir rúndaingne a fhreagra, iontas uirthi.

'Ní go fóill ar aon chaoi. Tá sé ró-óg le déileáil leis, caithfimid é a réiteach lena aghaidh.'

Ní raibh Niamh sásta leis an socrú, agus bhí sí ar tí a rá le Colm fiche uair céard a bhí le teacht. Ach ní ligfeadh a dílseacht dá hathair di é.

Tháinig bás Mham aniar aduaidh orthu ar fad sa deireadh. Sciobadh í oíche amháin i lár mhí Lúnasa, tar éis dóibh ar fad a bheith amuigh ag na pictiúir. Bhí Mam sna tríthí gáire faoi gheáitsíocht chraiceáilte Michael J. Fox agus bhí sí in ardghiúmar nuair a shroich siad an baile. Ach buaileadh tinn í go gearr i ndiaidh di dul a luí, agus cailleadh í tamaillín roimh mhaidin tar éis di slán a fhágáil ag a clann chroíbhriste.

'Dhá bhliain!' arsa Máire léi féin sa dorchadas. 'An féidir go bhfuil an oiread sin ama caite ó d'éag sí?'

Chuimhnigh sí ar an liú uafásach bróin a thug a hathair nuair ba léir go raibh an dé imithe as a bhean. Bhain sé macalla as ballaí fuara an tí, agus bhí sí cinnte gur chualathas ar fud na sráide é.

Níor chaoin Colm deoir. Bhain an bás an oiread sin de gheit as nár labhair sé go ceann coicíse. D'imigh a Mham chomh sciobtha sa deireadh nach raibh seans ag a athair é a 'réiteach' fá choinne a báis. Lá na sochraide d'imigh sé ón teach go dtí an séipéal agus as sin go dtí an reilig mar a bheadh sé faoi hiopnóis. An oíche sin, nuair a bhí aintíní agus mná na comharsanachta ag dul timpeall an tí le ceapairí agus le cupáin tae, d'imigh sé suas go dtí a sheomra codlata agus thosaigh sé ag breathnú ar an teilifís so-iompair a bhí aige ann. Bhí na gaolta náirithe.

Faoi cheann cúpla mí áfach, bhí feabhas le sonrú ar Cholm. Cé nach raibh sé sásta labhairt faoi bhás a mháthar go fóill, ar a laghad bhí an féachaint fhiáin sin imithe as a shúile. Bhí sé ag teacht chuige féin diaidh ar ndiaidh, ach bhí tamall fada ann sula bhfaca Niamh aon rian den tseandiabhlaíocht a bhíodh ann roimhe sin. Thart ar an am seo, thosaigh sé ag caitheamh an-chuid ama le ceol. Bhíodh sé ar feadh uaireanta fada ina sheomra féin ag éisteacht le ceirníní, agus ag útamáil le seanghiotár a bhí ag a athair.

An chéad léiriú ar an gclaochlú suntasach seo a chonaic Niamh ná an póstaer mór millteach de John Lennon a thug sí faoi deara ar bhalla a sheomra chodlata lá amháin, agus í ag fiafraí de an raibh aon rud aige le cur sa mheaisín níocháin. Rinne sí gáire nuair a chonaic sé é.

'A thiarcais! An bhfuil an póstaer sin mór go leor duit?'

Thug sé féachaint sciobtha uirthi a thug le tuiscint di go raibh sí tar éis satailt ar thalamh beannaithe éigin.

'Ní haon chúis mhagaidh é! Bhí John Lennon ar an gcumadóir ba thábhachtaí riamh!'

'Ní raibh a fhios agam gur thaitin na Beatles leat,' arsa Niamh d'fhonn rud éigin a rá chun an teannas eatarthu a scaipeadh. Bhain a fhreagra siar aisti.

'Cé a dúirt aon rud faoi na Beatles?'

'Ach nach raibh seisean sna Beatles le Paul McCartney?'

Tháinig dreach ciniciúil ar a aghaidh.

'Huth! An pleidhce sin? Níor chum seisean ach an truflais. Lennon a chum na fíoramhráin, na hamhráin a bhaineann leis an saol i ndáiríre. Éist leis an gcacamas atá curtha amach ag McCartney ó scar siad! Ní raibh ann ach aghaidh álainn! Ba é Lennon crann taca an ghrúpa!'

Chuir an méid seo idir iontas agus imní ar Niamh. In ionad dul níos faide leis an scéal, áfach, d'fhág sí é ag cleachtadh a chuid cordaí, agus d'fhill sí ar a cuid oibre.

B'iontach léi a thobainne is a bhuail an taom nua seo é. Go dtí sin, cé go gcoinníodh sé súil ar na cairteacha mar a dhéanadh beagnach gach duine dá aois, níorbh eol di aon róspéis a bheith aige i gcúrsaí ceoil. Faoi cheann míosa, áfach, shílfeadh duine gurbh é bun agus barr a shaoil é an ceol céanna.

Ach de réir mar a tháinig méadú ar spéis Choilm sa cheol, is amhlaidh a méadaíodh ar na hargóintí idir é féin agus a Dhaid. Roimh bhás Mham ba é buachaill bán a athar é. Bhí sé ag déanamh gaisce ar scoil agus ag fáil ardmholadh ó na múinteoirí ar fad. Ach diaidh ar ndiaidh, thosaigh an ceol ag fáil an lámh in uachtar, agus faoin am a tháinig a chéad tuairisc scoil eile, ba léir gur bheag a spéis anois ina chuid leabhar.

Bhí an chéad Nollaig gan Mham go hainnis ar fad. Ar bhealach, ba í Mam croí agus anam na Nollag. Bhíodh Daid chomh gnóthach sin le scrúduithe scoile agus mar sin de, gur ghnách gur uirthise ar fad a thiteadh cúram na mbronntanas agus mórán gach rud eile a bhain le deasghnátha na féile. Mar sin, ón uair a phreab na céadfhógraí teilifíse amach chucu ag fógairt 'shéasúr na dea-mhéine', bhraith Niamh scéin aisteach éigin ag brúchtaíl aníos inti.

Nuair a d'éirigh sí Lá Nollag féin, bhraith sí gach néaróg ina corp a bheith ar bís, faoi mar a bheadh rud uafásach chun tarlú. Rinne sí féin agus Colm a raibh le déanamh don bhéile mar a bheadh péire róbot ann a bheadh ag réiteach bia le haghaidh ócáide nár bhain leo. Bhreathnaigh Niamh i ndiaidh an turcaí fad a bhí Colm ag ní na bprátaí, agus ag réiteach na nglasraí eile. Nuair a bhí gach rud i gcóir acu, shuigh siad siar ag breathnú ar eagrán speisialta de Top Of The Pops go bhfillfeadh Daid ó theach comharsan. Tháinig sé isteach faoi dheireadh, agus shuigh siad chun boird.

Tubaiste ghlan ba ea an dinnéar. Cé go ndearna siad an-iarracht ar shult éigin a bhaint as, bhí a fhios acu nach raibh ann ach cur i gcéill. Gan Mham, ní raibh iontu ach leath-theaghlach. Tar éis cúig nóiméad, bhain siad na hataí áiféiseacha díobh agus d'ith siad a mbéile faoi chiúnas cráite, gach duine agus a smaointe féin aige.

Nuair a bhí gach rud curtha i leataobh, as duibheagán a phéine thug an t-athair faoi Cholm.

'Ba cheart duitse náire a bheith ort!'

'Céard tá á rá anois agat?' Ba léir nach raibh Colm chun géilleadh dó.

'A Dhaid,' arsa Niamh, 'Lá Nollag is ea é. Nach féidir . . .'

D'iompaigh sé uirthi go tobann.

'Ní bhaineann an scéal seo leatsa in aon chor. Tá mé ag caint leis an liúdramán seo de mhac liom, ar fearr leis a bheith ag scréachaíl ina sheomra an t-am ar fad ná a bheith ag déanamh roinnt oibre a ghnóthódh a chuid scrúduithe dó!'

Las súile Choilm le fearg.

'Chas tusa ceol i d'óige freisin, nó an cuimhin leat é sin in aon chor?'

'Chas a mhic ó, ach níor lig mé dó amadán a dhéanamh díom! Níor dhearmad mise mo chuid leabhar. Tá tusa imithe chun an diabhail ar fad ó fuair do mháthair . . .'

Stop sé. Ní chríochnódh sé an abairt. Phreab Colm ina sheasamh.

'Sea, abair é, 'Ó fuair do mháthair bás!' ' ar seisean i nglór iseal chorraithe. 'Bhí a fhios agam go dtosófá air sin luath nó mall! Bhuel, má tá mé imithe chun an diabhail féin, níl mé liom féin!'

Gan smaoineamh, tharraing an t-athair buille géar air, d'fhág rian dearg ar a aghaidh. Ar a fheiceáil seo di, lig Niamh scread péine agus iontais aisti dá buíochas. Chuir a scread stop leis an achrann. D'fhéach Daid uirthi, ansin ar Cholm. D'oscail sé a bhéal chun rud éigin a rá. Ach sula bhfuair sé seans ar oiread is focal a thabhairt uaidh, phreab Colm an doras amach, á dhúnadh de phleist ina dhiaidh.

D'fhan a hathair gan chorraí go ceann cúpla nóiméad agus é ag féachaint ar an doras dúnta. Ní dúirt sé dada. Tar éis tamaillín, d'fhág sé an seomra gan focal a rá. Chaith sé an chuid eile den lá ag falróid ar fud an tí agus saghas ceann faoi air.

As sin amach, bhí sé ina chogadh eatarthu. Ní fhéadfaidís a bheith in aon seomra ar feadh níos mó ná cúig nóiméad gan a bheith ag achrann le chéile. Thiocfadh corrthréimhse ciúnais, ach ba leor tuairisc eile scoile nó litir ón bpríomhoide ag gearán faoi leadaíocht a mhic le Daid a spreagadh chun seanmóir eile a thabhairt. Ní ghlacfadh Colm leis, agus bheadh sé ina raic eatarthu arís. Ba dheacair le Niamh a dhéanamh amach uaireanta cé acu ba chiontaí.

2 'An Phluais'

'A Niamh, Dúisigh! Dúisigh!'

Ba mhall drogallach mar a d'oscail sí a súile. Bhí siad mar a bheidís greamaithe le chéile cheal codlata.

Bhí Colm ag bun na leapa agus tráidire ina láimh aige.

D'fhéach sí air, na malaí cruinnithe aici.

'Bricfeásta sa leaba! Céard tá tú a lorg? Cén scéiméireacht atá ar bun agat anois?

'Bhuel, ó luann tú é . . . '

Ba bhreá léi an loinnir dhiabhalta sin a fheiceáil ina shúile arís.

'Níl pingin agam!' ar sise.

'A Níní, tá mé náirithe agat! An lorgóinn airgead ortsa?'

'Dhéanfá gan stró,' ar sise, ag cur ime ar phíosa tósta agus ag blaiseadh braoinín den tae.

'Cén chaoi a bhfuil do chuid matán?' ar seisean agus meangadh smairteáilte ar a phus.

'Mo chuid . . . ?'

'Tá lámh chúnta uaim. Caithfidh mé an trealamh a bhogadh sula n-éireos an seanleaid ar maidin.'

Smaoinigh Niamh ar eachtra na hoíche aréir. Tháinig an fhéachaint a bhí i súile Dhaid ag dul amach an doras dó chun cuimhne.

'Ní ligfidh sé duit an stuif sin a choinneáil.'

'Níl mé chun é a choinneáil . . . bhuel, ní sa teach seo ar aon chaoi. Deir Pól gur féidir liom é a fhágáil ina gharáiste sean. Is ann atá a dhrumaí nua, agus pé scéal é, sin an áit a mbeidh Pus Muice ag cleachtadh as seo amach. Bhí an bheirt againn chun é a dhéanamh tráthnóna ach tá cor nua sa scéal ó d'fhill mo dhuine. Caithfear é a bhogadh go beo!'

'Ná an diabhal é!'

'Má chabhraíonn tú liom, ní thabharfaidh mé Níní ort arís go deo!'

'Fág an áit!' ar sise ag tógáil úll leathite óna cófra cois leapa agus á dhíriú air. 'Lig dom mé féin a ghléasadh agus déanfaidh mé mo mhachnamh air!'

Nuair a shiúil sé isteach sa chistin agus geansaí mór agus seanphéire Levis uirthi, tháinig aoibh go dtí na cluasa ar Cholm!

'Nár lagaí Dia thú! Bhí a fhios agam nach ligfeá síos mé.'

'Conas a iompróimid an t-aimplitheoir?' a d'fhiafraigh sí de. 'Nó an bhfuil sé i gceist agat go mbuailfinn suas ar mo dhroim é? Caithfidh go bhfuil leath-thonna meáchain ann.' '

'Dá dáááán!'

D'oscail Colm doras na cistine agus thug sé isteach an córas iompair a bhí beartaithe aige dó. Seantrucail a bhí ann, ceann a rinne a athair dó nuair a bhí sé thart ar a deich.

'A dhiabhail! Cá bhfuair tú í sin? Shíl mé gur dódh í na blianta ó shin!'

'Bhí sí thuas san áiléar. Tháinig mé uirthi nuair a bhí mé ag cuardach ghiotár an tseanleaid.'

Bhí tugtha faoi deara ag Niamh nach dtabharfadh Colm 'Daid' ar a athair ar chor ar bith na laethanta seo. 'An seanleaid', nó 'mo dhuine' is mó a chloisfí uaidh. An uair annamh a labhróidís le chéile, ní ghlaofadh sé a ainm riamh air. Thabharfadh sé freagraí doicheallacha aonsiollacha air agus a luaithe agus a bheadh deireadh leis an 'gcomhrá', bheadh sé imithe as an seomra. Rinne sí iarracht an scéal a phlé leis lá amháin ach chaill sé an bloc ar fad, agus dúirt sé léi gan a bheith ag cur a ladair isteach i rudaí nár bhain léi. Níor labhair sé léi go ceann trí lá ina dhiaidh sin, mar sin sheachain sí an cheist ó shin.

Ba bheag nár imigh an trucail ó smacht ar fad orthu cúpla uair, ach bealach amháin nó bealach eile d'éirigh leo í a stiúradh go teach Phóil. Ní mó ná sásta a bhí seisean a bheith dúisithe chomh luath sin ar maidin. Tháinig sé chun an dorais agus dath na léithe air.

'Fuist! In ainm Dé. Ná leagaigí an teach. Níl duine ar bith ina shuí go fóill. Marófar mé! Fuist, a deirim!'

'Oscail an doras, a leibide!' arsa Colm de chogar grágach tríd an mbosca litreach. 'Táimid préachta anseo.'

'Céard a tharla don socrú a bhí againn le haghaidh tráthnóna?'

'Tháinig sé abhaile aréir gan choinne. Bhí orm fáil réidh leis an stuif go sciobtha.'

Gheal aghaidh Phóil nuair a chonaic sé an trealamh.

' 'Dhiabhail! Seo é é! Tá sé thar cionn! Fan go bhfaighidh mé na heochracha. Rith sé isteach arís, á bhfágáil ar leac an dorais, agus i gceann leathnóiméid, chuala siad doirse an gharáiste á n-oscailt ón taobh istigh.

Chuir leagan amach an gharáiste iontas ar Niamh. Bhí cuirtíní móra troma crochta ar na ballaí, agus bhí cairpéad ar an urlár. Bhí an tsíleáil clúdaithe le póstaeir de ghrúpaí cáiliúla, agus lonnaithe go maorga sa chúinne, bhí seit iomlán drumaí agus an mana maíteach Pus Muice marcáilte orthu i bpéint dhubh.

'A thiarcais!' arsa Niamh ag féachaint timpeall uirthi. 'Céard tá anseo agaibh?'

Thug Pól aghaidh dháiríre uirthi.

'Seo 'An Phluais' ' ar seisean. Seo an áit a mbeidh an grúpa ag cleachtadh feasta.'

'An Phluais?' Ba bheag nár phléasc sí amach ag gáire. 'Sea.'

'Agus cé tusa? Ali Bábá?'

'Há Há!' Ba léir gur bheag air a greann. 'M'anam go bhfuil an deirfiúr seo agat éirithe diabhalta smairteáilte ó chuaigh sí chun na hOllscoile!'

Ní dúirt Colm dada, ach bhí sé le léamh ar a shúile go raibh sé ar buile léi.

Ní labhródh sé léi ar chor ar bith ar an mbealach abhaile, agus nuair a shroich siad an teach, d'imigh sé suas chun a sheomra láithreach agus smuilc ghránna air.

'Bhuel, ná habair é!' a bhéic sí ina dhiaidh.

Bhí Niamh scriosta ag an easpa codlata. Bhí cúpla uair an chloig aice fós sula mbeadh uirthi tabhairt faoin dinnéar a réiteach, mar sin chinn sí ar luí siar ar a leaba tamaillín. Níor thúisce a ceann ar an bpiliúr ná a thit a codladh uirthi.

Dhúisigh sí de phreab agus d'fhéach sí ar an gclog. Bhí uair an chloig imithe. Is ansin a chuala sí é. Bhí ceol bog suantraíoch, an ceol a bhí tar éis í a dhúiseacht, ní foláir, ag teacht trasna an léibhinn cheann staighre ó sheomra Choilm. D'imigh sí amach ar a barraicíní agus sheas taobh amuigh. Bhí an doras leathoscailte; ba chosúil gur shíl sé nach raibh duine ar bith sa teach. Bhí Colm ag canadh go híseal dó féin, an giotár ina láimh aige. B'amhrán é nach raibh cloiste cheana aici. Chuir binneas a ghlóir iontas uirthi.

> 'Half what I say is meaningless
> But I say it just to reach you Julia.
> Julia Julia, ocean child calls me
> So I sing the song of love Julia. . .'

Chríochnaigh sé an t-amhrán agus leag sé síos an giotár. Bhí an teach anois chomh ciúin leis an uaigh. Bhí faitíos ar Niamh go gcloisfeadh sé í ag análú. Chaith Colm é féin síos ar a leaba, agus ba bheag nár thit an t-anam as Niamh nuair a thosaigh a deartháir ag caoineadh go dubhach. Bhí fonn millteanach uirthi dul isteach agus iarracht a dhéanamh ar é a chur chun suaimhnis, ach ba rómhór a heagla go gcuirfeadh sé le buile é dá mbeadh a fhios aige go bhfaca sí é ag caoineadh. Bhí buachaillí mar sin, de réir cosúlachta. Ba chuma le cailíní áirithe lán a dhá súl a chaoineadh os comhair an tsaoil. Bhí cairde aici, agus bhí tuairim aici gurb amhlaidh a bhainidís taitneamh as! Ach i measc na mbuachaillí a casadh uirthise go dtí seo ba pheaca marfach é a thabhairt le fios go raibh aon leochaileacht ag baint leat nó go raibh tú so-ghortaithe ar aon bhealach. Uaireanta bhíodh trua aici dóibh, ach uaireanta eile, chuirfeadh a ngairbhe idir fhearg agus eagla uirthi. D'éalaigh sí go ciúin ar ais go dtí a seomra féin, agus i gceann ceathrú uair an chloig nó mar sin, chuala sí Colm ag dul síos an staighre agus amach doras na sráide.

Tháinig a hathair isteach thart ar a dó. Bhí an mhaidin caite aige ag imirt gailf le múinteoirí eile ón scoil. Chuir Niamh a dhinnéar ar an mbord, agus í ag iarraidh a dhéanamh amach cén saghas giúmair a bhí air. Shuigh sí os a chomhair agus thosaigh sé ar a dinnéar féin a ithe. D'fhéach sé uirthi go míshásta. Bhí tuairim mhaith aici céard a bhí ag teacht.

'Bhí a fhios agatsa go raibh sé chun an stuif sin a cheannach, nach raibh?'

Chuir sí síos a scian agus a forc.

'A Dhaid . . .'

'Tá beirt agaibh anois ann, is cosúil. Ní féidir liom dul as baile go ceann lae fiú, ach go dtosaíonn sibh ag scéiméireacht taobh thiar de mo dhroim.'

'Ach ní raibh . . .'

'Is dócha go gceapann sibh go bhfuil sibh thar a bheith smairteáilte. Bhuel, ní chuirfidh mise suas le . . .'

'Éist liomsa!'ar sise. Bhain na focail stangadh aisti féin! Ba léir go raibh iontas ar Dhaid freisin, mar ní dhearna sé ach féachaint uirthi, agus leathadh súl air.

'Ní raibh tuairim agam céard a bhí beartaithe aige! Bhí oiread ionaidh ormsa is a bhí ortsa! Ach ní hé sin atá ag cur isteach orm. Níl Colm sona ann féin. Tá rud éigin ag dó na geirbe aige, rud éigin tromchúiseach. Tá mise buartha faoi. Agus dá bhféadfása dearmad a dhéanamh ar ghrádanna scoile ar feadh leathshoicind, bheifeása buartha freisin!'

D'fhéach a hathair uirthi, idir alltacht agus scéin le sonrú ar a shúile.

'Níl dada air nach leigheasfadh cic sa tóin!'

Bhraith sí teas cealgach na ndeor ar a leicne.

'Níl ocras ormsa a thuilleadh,' ar sise, ag éirí agus ag déanamh ar an doras.

3 Banna na Bliana

Ba í Niamh féin a léigh faoin gcomórtas ar dtús. Rinneadh tagairt dó i gcolún ceoil *Anois*.

'An bhfuil grúpa agatsa? Ar mhaith leat luach £2,000 de threalamh stáitse a bhuachan, mar aon le singil a chur amach ar lipéad mór? Bhuel, níl le déanamh agat ach cur isteach ar chomórtas *Banna na Bliana* atá á rith ag muintir *Hot Press* i gcomhpháirt le lucht gnó na cathrach.'

Thug an t-alt sonraí an chomórtais a raibh Craobh Chúige Laighean de le heagrú i gceann dhá mhí i lár na cathrach. Bheadh grúpaí óga ó gach uile chearn den tír ag cur isteach air le súil is go gcuirfeadh sé iad ar an mbóthar a bhí gafa ag leithéidí U2 agus na Hothouse Flowers. Bhí foirm iarratais san eagrán reatha de *Hot Press*. Nuair a thaispeáin sí do Cholm é, ba bheag nár tháinig taom croí air.

'Seo é é!' ar seisean, a shúile ag bolgadh amach as a cheann agus é ag léamh faoi na duaiseanna. 'Seo an seans a rabhamar ag fanacht leis! A Níní, mo ghraidhin go deo thú!'

Níor fhan sé lena thuilleadh a rá, ach siúd amach an doras é go beo. Níor fhill sé go raibh an meánoíche ann. Bhí Niamh sa pharlús ag féachaint ar scannán nuair a phléasc sé isteach an doras de ruathar caithréimeach.

'A Níní!' ar seisean, ag múchadh na teilifíse.

'Haigh! Las sin arís nó . . .'

Níor thug sé aird ar bith uirthi.

'A Níní, tá deá-scéal agam duit.'

Bhí sí ar mire. Léim sé as an gcathaoir chun an scannán a chur ar siúl arís, ach sheas sé sa bhealach uirthi.

'Céard déarfá le teacht isteach sa ghrúpa?'

Leath a béal uirthi.

'Mise? Ach ní chasfainnse súgán!'

'Ha! Níor stop sé sin riamh thú! Cloisim ag grágaíl san fholcadán thú gach re lá!'

'Nach mór an spórt thú!' ar sise go searbhasach, agus í ag iarraidh a dhéanamh amach ar a aghaidh cé acu a bhí sé ag spochadh aistí, nó ag tabhairt cuireadh di dáiríre.

'Bhuel?' ar seisean, ag féachaint ar a uaireadóir. 'Tá fiche soicind agat! Abair sea nó ní hea. Ní bhfaighidh tú an seans seo arís!'

'Sea nó ní hea!' ar sise agus amach an doras léi chun an citeal a chur síos.

Tháinig sé amach ina diaidh.

'Tá an t-am istigh! Anois tá fiche soicind eile agat! Bheadh sé craiceáilte uait an deis seo a ligean tharat.'

Chuir sí spúnóg chaifé isteach i muga.

'Cén fáth a bhfuil mise uaibh? Shíl mé go raibh an triúr agaibh chun saol an cheoil a iompú bunoscionn taobh istigh de choicís. Céard a tharla?'

'Ceathrar."

'Céard é féin?'

'Tá ceathrar againn ann anois. Tá mise ag cur níos mó béime ar an ngiotár na laethanta seo, agus tá amhránaí nua faighte againn. Cian is ainm dó. Tá sé iontach. Meascán de Bhono, Phrince, agus Bhruce Springsteen in aon ghlór álainn amháin.'

'Bhuel, má tá sé chomh maith sin, tuige a bhfuil gá liomsa?'

D'fhéach sé uirthi agus saghas cotaidh air.

'Mar chúlamhránaí.'

Las a súile.

'Imigh! Fág an áit! Má cheapann sibh go bhfuil mise chun dul suas ar stáitse ar bith chun bheith ag crónán sa chúinne don bhoc seo, tá dul amú oraibh. Má tá mise le bheith sa ghrúpa, caithfidh mé bheith i mo bhall iomlán. Tá neart racamhrán is féidir le cailíní a chasadh. Tig le Cian Springsteen nó pé ar bith cén t-ainm atá air bheith mar chúlamhránaí agamsa freisin ó am go chéile.'

Bhí Colm ag stánadh uirthi agus dhá mhullán súl air le hionadh.

'Um . . . bhuel, bheadh orm é seo a phlé leis na baill eile.' D'fhéach sí air go fíochmhar.

'Togha fir! Tabhair leat an teachtaireacht sin ar ais go dtí Alí Bábá agus a chairde. Feicfidh mé amárach thú. Tá an scannán millte agat orm. Tá mise ag dul a luí. Oíche mhaith . . . a chomrádaí!'

Bhí a croí ina béal ag Niamh agus í ag fágáil an tí in éindí le Colm chun dul go dtí a céad chleachtadh le Pus Muice. Céad uair i rith an lae, bhí sí ar tí tarraingt as. Ainneoin a ndúirt sí le Colm, bhí a fhios aici nach raibh a glór ródhona ar chor ar bith. Ach ba dhuine ciúin go maith í den chuid is mó de, agus bheadh uirthi a misneach ar fad a chruinniú má bhí sí chun dul suas ar ardán agus canadh go poiblí.

Bhí na baill eile ar fad bailithe sa phluais nuair a shroich siad an áit. Bhí Pól taobh thiar de na drumaí ag cleachtadh rithime agus bhí an dordghiotáraí, Níall, ag útamáil lena mhéadaitheoir ag iarraidh fáil réidh le seabhrán éigin a bhí ag milleadh na fuaime air. Bhí óganach eile suite ar stól i dtóin an tseomra, agus a chúl leo.

'Abair heló le do leathbhádóir nua, a Chéin!' arsa Pól.

Chas an buachaill agus d'éirigh ina sheasamh.

'Cén chaoi a bhfuil tú, a Niamh?'

Shín sé amach a lámh chun a lámhsa a chroitheadh. Bhain sé seo stangadh aisti, mar ní dhearna aon bhuachaill riamh cheana léi é. De ghnáth, bheadh an t-ádh uirthi 'Dia dhuit' féin a fháil uathu nuair a chuirfí aon chairde le Colm in aithne di. Dhéanfaidís iarracht phianmhar ar rud éigin smairteáilte a rá, agus bhrisfidís a gcroí ag gáire faoina ngreann féin. Ghlac sí lena láimh go cúthail.

'A Chéin, tá áthas orm bualadh leat.'

Bhí sé ard, agus bhí gruaig fhionn síos go dtí na guaillí air. Bhí an chuma air go raibh sé bliain nó dhó níos sine ná an triúr eile, agus rith sé léi go m'fhéidir go raibh an scoil fágtha aige. Ach ba iad a shúile ba mhó a chuaigh i gcion uirthi. Bhí cneastach éigin iontu nach raibh feicthe, nó ar a laghad tugtha faoi deara aici, i súile aon leaid eile go dtí seo. Nó arbh é an brón a chonaic sí iontu? Ní raibh sí cinnte, ach bhraith sí tarraingt éigin a bheith ag baint leo nach bhféadfadh sí a mhíniú ar an bpointe boise.

'O.K. a chairde groí!' arsa Pól á saoradh ó na súile draíochta. 'Tá sé san am againn a bheith ag déanamh roinnt oibre.'

D'oscail Colm cás a ghiotáir, agus thóg sé amach an uirlis mar a thógfaí leanbh nuashaolaithe as cliabhán. Chuir sé an phlocóid isteach san aimplitheoir, agus thosaigh sé ag cur barr feabhais ar an tiúnadh.

Bhí scéin ar Niamh. Ní raibh a fhios aici céard ba cheart di a dhéanamh. Bhí eagla an domhain uirthi go mbeadh uirthi amhrán a chasadh dóibh láithreach bonn. Rinne sí iarracht teachtaireacht súl a thabhairt do Cholm, ach ní raibh sé ag tabhairt aon aird uirthi. Chonaic Cian ina staic í i lár an tseomra, agus tháinig sé anall chuici.

'A Niamh, bain an fhéachaint scanraithe sin de d'aghaidh! Ní bheidh ortsa dada a dhéanamh anocht mura dteastaíonn uait. Tá muidne chun dul trínár seit le go mbeidh tú in ann eolas a chur air. Déanfaimid caiséad anocht, agus tig leat é a thabhairt leat abhaile chun na hamhráin a fhoghlaim.'

Lig sí osna faoisimh, faoi mar a bheadh ualach mór bainte di. Fuair sí cathaoir, agus shuigh sí siar chun éisteacht leo.

Bhí siad neirbhíseach go maith nuair a chuir siad tús leis an seó le cúpla amhrán a chum siad féin. Chuir feabhas na seanma iontas uirthi. Bhí fuaim thar a bheith proifisiúnta acu, shíl sí. Ansin bhain siad triail as 'Desire' le U2 ón albam *Rattle & Hum*. Chas Colm giotár acústach don cheann seo, agus rinne Cian jab iontach den chanadh, é ag líonadh na bhfocal le paisean agus le brí ar bhealach a mbeadh Bono féin bródúil as. Ina dhiaidh sin, rinne siad leagan áiféiseach de 'Satisfaction', seanamhrán de chuid na Rolling Stones. Bhí Cian ag preabadh agus ag pocléim ar fud na háite mar a bheadh cangarú craiceáilte. Bhí a ghlór thar cionn! As sin amach, bhí sí faoi dhraíocht acu. Ghlac Colm ról an phríomhamhránaí le haghaidh an chéad amhráin eile agus bhí sé dochreidte! Sheas sé ansin i lár an stáitse bhig a bhí tógtha acu sa chúinne, agus chuir sé gothaí air féin faoi mar b' sheanfhondúir rac é a bhí á dhéanamh ar feadh a shaoil! Bhraith sí í féin ag luascadh anonn is anall dá buíochas, agus bhí fonn beag uirthi a cathaoir a fhágáil agus tosú ag damhsa!

Rinne siad cúpla amhrán eile, agus de réir mar a bhí siad ag seinm, ba léir go raibh siad ag dul i bhféinmhuinín an t-am ar fad. Thug Colm cúpla catsúil ar a dheirfiúr lena fháil amach cé mar a bhí an seó ag dul i bhfeidhm uirthi. Thaispeáin sí dhá 'ordóg in airde' dó agus gheal a aghaidh le bród agus le taitneamh.

Chríochnaigh siad an tseit le 'Sin Mar a Bhíonn' ó chéad albam na bhFíréan. Cian a chas é. Amhrán álainn suantraíoch ba ea é a d'fhág a ceann ina roithleán, nach mór, tar éis rithim mhaidhmneach na n-amhrán eile.

Dar le mo ghrásá go bhfanaimse róchiúin,
Dar le mo ghrásá nach scaoilim léi mo rún,
Dar le mo ghrásá níl tada i mo cheann
Ach brionglóidí nach féidir a chur i gcrích.

Sin mar a bhíonn . . . .

Nuair a tháinig deireadh leis an gceol bhí ciúnas iomlán sa seomra go ceann leathnóiméid nó mar sin. Bhí na buachaillí mar a bheidís ag filleadh ar an saol seo, tar éis dóibh croí agus anam a chur isteach sa tseinm. Bhí Niamh féin fós faoi sórt mearbhaill acu. Chuala sí ceol ina cluasa go fóill.

'Bhuel?' arsa Colm ar deireadh. 'Marcanna as a deich?'

Leath an gáire ar a haghaidh.

'A dó dhéag!'

'Yííí Háááá!' ar seisean ar nós duine as seanwestern. 'Tá muid ar an mbóthar! Anocht *An Phluais* amárach An Staid Náisiúnta!'

'Agus an lá dár gcionn Pailliún an R.D.S.' arsa Pól go gealgháireach, ag teacht ina leith agus ag dáileadh caifé ar gach duine.

Le linn dóibh a bheith ag ól an chaifé, bhí na buachaillí go gnóthach ag plé na seite a bhí casta acu, duine amháin ag moladh athruithe anseo is ansiúd, is duine eile ag easaontú leis agus ag iarraidh a chuid moltaí féin a chur chun cinn. Bhí Niamh ar bharr na gaoithe ag éisteacht leo, í breá sásta a bheith páirteach sa rud ar fad. Bhí cúpla smaoineamh aici féin, ach bhraith sé go raibh sé róluath aici iad a chur faoi bhráid a comhbhall. Tar éis leathuair an chloig nó mar sin, sheas Colm.

'Caithfidh mise dul abhaile. Tá mé ag súil le glaoch gutháin.'

'Cé uaidh?' arsa Pól. 'Nó ar cheart dom 'cé uaithi?' a rá?'

'Cúis gháire chugainn!' arsa Colm ag déanamh leamhgháire searbhasach leis. 'Ní hea, níl ann ach gur iarr mé post ar bhainisteoir tí ósta, agus dúirt sé liom go nglaofadh sé anocht orm thart ar a haon déag.'

'Tusa ag obair i bpub?'

'Caithfidh mé teacht ar bhealach éigin chun íoc as an trealamh seo ó stop an seanleaid mo chuid airgid phóca.'

Rug Niamh ar a cóta.

'Tiocfaidh mise leat.'

'Ná déan!' arsa Colm. 'Teastaíonn ó Chian labhairt leat faoi chúrsaí comhcheoil agus araile.'

'Agus tá mé ag iarraidh na hamhráin a chasfaidh tusa a phlé leat freisin,' a dúirt Cian.

Thug Colm féachaint shotalach ar a deirfiúr.

'Má tá eagla ort roimh an dorchadas, siúlfaidh duine éigin abhaile leat!'

'Tá mé in ann breathnú i mo dhiaidh féin!' ar sise trína fiacla. 'Beidh mé in ann . . .'

Bhris Cian isteach uirthi.

'Féach, bíonn ormsa dul thar do theachsa ar mo bhealach abhaile ar aon chaoi, a Niamh. Mar sin, níl fadhb ar bith ann. Ní bheimid i bhfad eile anseo, agus ansin déanfaidh mé tú a thionlacan chuig doras do thí!'

'Bhuel!' ar sise ag gáire. 'Sin tairiscint nach féidir liom a dhiúltú!'

Chuaigh an bheirt acu trí na hamhráin ar fad a bhí casta ag an ngrúpa, agus labhair siad ar na bealaí ab fhearr le glór Niamh a shníomh isteach iontu. Bhí áthas an domhain uirthi a fháil amach go bhfáilteodh Cian roimh amhráin uaithi féin. Bhí iontas uirthi a fháil amach gur thaitin an saghas céanna ceoil leis-sean is a thaitin léi féin. Ar an mbealach abhaile, fuair sí amach go raibh an ceart aici faoi Chian a bheith níos sine ná na baill eile den ghrúpa. D'fhág sé an scoil an bhliain chéanna is a d'fhág sí féin í, ach ní raibh an t-airgead aige chun dul ar an Ollscoil. Mar sin bhí sé ag obair ar feadh bliana chun na táillí a thuilleamh.

'Tá mé ag iarraidh a bheith i mo dhochtúir, creid nó ná creid!' ar seisean. 'Ach tá na táillí millteanach. Tá mé ag obair i siopa ceirníní faoi láthair agus ag cur airgid i leataobh.'

'I do dhochtúir?' arsa Niamh. 'A dhiabhail! Caithfidh gur ginias thú! Tá cúpla milliún pointe ag teastáil lena aghaidh sin!

'Bhuel,' a d'fhreagair sé go ciúin. 'Bhí orm mé féin a mharú leis an obair don Ardteist leis na diabhail pointí a fháil. Ar aon chaoi, tá áit agam i mBelfield don bhliain seo chugainn. Níl uaim ach na pinginí!'

Bhraith Niamh rud beag ciontach nach raibh uirthise a bheith róbhuartha faoi na táillí. Cé nárbh aon mhilliúnaí é Daid, bhí tuarastal réasúnta aige mar mhúinteoir. Ina theannta sin, nuair a rugadh Niamh, thóg a tuismitheoirí polasaí amach i gcoinne aon chostais oideachais a bheadh ar a gclann nuair a thiocfadh an t-am.

Agus an Ardteist ar siúl aici, ní raibh aon cheist faoi ach go ngabhfadh sí ar aghaidh chun na hOllscoile. Ní raibh le déanamh ach na hábhair a roghnú.

'Nuair a roghnaigh mise teangacha, is dóigh liom go raibh díomá éigin ar m'athair.' ar sise le Cian tar éis sos cúpla soicind. 'Ceimic agus Fisic a rinne seisean, agus tá tuairim agam go raibh sé ag súil go ndéanfainnse an rud céanna. Ach níl mise ag iarraidh mo shaol a chaitheamh i saotharlann dhorcha éigin, nó rud is measa, i seomra ranga! Le Fraincis agus Spáinnis, agus ar ndóigh leis an mBéarla, tig liom an domhan a shiúl, nach mór. Agus i ndeireadh an lae, tá mo theanga féin agam, teanga a léiríonn don saol nach Sasanach ná Meiriceánach, ná fiú Astrálach mé, ach Éireannach a bhfuil a meon agus a hanam féin aici.'

Bhí sí chomh tógtha ag a raibh le rá aici nár thug sí faoi deara go raibh Cian ag ligean air go raibh micreafón lena béal aige, agus é ag glacadh lena briathra mar a bheadh tuairisceoir teilifíse!

'Agus sin a bhfuil againn ón Ollamh Ní Bhriain don lá inniu!' ar seisean i nglór áiféiseach. Ar ais chugatsa sa stiúideó, a Phroinsias!'

Níor fhéad sí gan gáire a dhéanamh. Ba mhór an lón anama di bualadh le leaid a raibh féith an ghrinn ann, ach nach raibh ina ghliogaire éaganta ar fad.

Shiúil siad leo ag cur an tsaoil trí chéile gur shroich siad bóthar Niamh. Nuair a bhí siad i ngiorracht cúpla teach dá teach féin, chuala sí an clampar, agus bhí a fhios aici ar an bpointe céard a bhí ar siúl. Chuala sí glór a hathar agus é ag tabhairt íde na muc is na madraí do Cholm. Bhí Colm ag tabhairt gach re sea dó, agus bhí an rírá le cloisteáil go soiléir ar fud an bhóthair. Bhí náire an domhain uirthi. Stop sí go tobann.

'Emm . . . féach, beidh mé ceart go leor anois, a Chéin. Féadfaidh tú mé a fhágáil anseo.'

D'fhéach sé uirthi ar feadh cúpla soicind gan labhairt. D'oscail sé a bhéal cúpla uair faoi mar a bheadh sé chun rud éigin a rá, ach ní dúirt sé dada. Sa deireadh, tháinig an chaint chuige.

'D'athair agus Colm atá ag troid, nach ea?'

D'fhéach sí air le hiontas.

'Is ea, ach . . .'

'Féach, níl mé ag iarraidh mo ladar a chur isteach i do shaol príobháideach. Níl ann ach gur inis Colm dom faoi na hargóintí a bhíonn acu. An bhfuil d'athair chomh dona agus a thabharfadh Colm le tuiscint?'

'Níl!' ar sise go tapa. 'Bhuel, tá . . . Ó, níl a fhios agam! Scéal fada is ea é.'

'Céard a tharla eatarthu?'

'Ceist mhaith. Is deacair a rá. Bhídís an-mhór le chéile tráth.'

'Bhuel, dar le Colm nach bhfuil aige ach fuath dá athair anois.'

'Dúirt sé an méid sin?'

Bhí Cian ar buile leis féin go raibh sé ráite chomh lom díreach sin aige.

'Em . . . bhuel, dúirt. Ní fheadar, tá sé mar a bheadh sé á ithe ag rud éigin istigh ann féin.'

Bhí an t-achrann fós ar siúl istigh. Bhí doirse á bplabadh agus bhí siad ag béicíl ar a chéile ar nós cúpla gealt.

'Féach, beidh orm imeacht!' arsa Niamh.

'O.K. Em, maith dom a bheith chomh fiosrach sin, tá a fhios agam nach de mo ghnó é. Níl ann ach gur maith liom Colm. Tá mé rud beag buartha faoi, sin an méid.'

'Tá a fhios agam. Go raibh maith agat.'

Bhí fonn uirthi a insint dó go raibh sí buartha faoi Cholm í féin, ach bhí drogall uirthi a bheith chomh hoscailte sin le duine nach raibh sí ach díreach tar éis bualadh leis. D'fhéach sí i dtreo an tí.

'Caithfidh mé imeacht. Slán.'

'Ceart go leor, Slán!'

Scar siad. D'imigh Niamh léi go deifreach, agus thosaigh Cian ag siúl sa treo eile. Go tobann, stop sé.

'A Niamh!'

Bhí sé ag rith ar ais chuici. Tháinig sé suas léi ag an ngeata.

Bhí deireadh leis an rírá ón teach anois. Bhí an troid thart, ba chosúil.

'Sea?' ar sise.

Chuir sé a lámh isteach ina phóca, agus thóg sé pacáiste beag amach.

'An caiséad!'

'Ó, bhí dearmad déanta agam air. Go raibh maith agat!'

Bhí ciúnas míchompordach eatarthu ar feadh cúpla soicind.

'Bhuel, slán arís,' ar seisean, ag casadh ar a sháil athuair.

'A Chéin?'

'Sea?'

'Dúirt tusa liom go raibh ort dul thar mo theach ar do bhealach abhaile. Tuige a bhfuil tú ag dul an treo eile anois?'

D'fhéach sé uirthi agus féachaint bhréagchiontach ar a aghaidh.

'Em . . . Bhuel, d'inis mé bréag! Beidh mé ag caint leat!'

Agus d'imigh sé leis.

Bhí Colm ina shuí ag bord na cistine agus dreach fiánta ar a aghaidh. Bhí rian na ndeor ar a shúile, ach bhí a fhios aici gur deora feirge a bhí iontu seachas aon chomhartha go raibh géillte aige dá athair.

'In ainm Dé, céard a bhí ar siúl agaibh?' ar sise. 'Bhí sibh le cloisteáil ar fud an bhóthair!'

D'fhéach sé uirthi go fíochmhar.

'Is cuma duitse!'

'Ní cuma!' a d'fhreagair sí go tapa. 'Is tusa mo dheartháir; is eisean m'athair. Ní féidir libh focal sibhialta a labhairt le chéile, agus tá mise idir dhá stól agaibh! Tá mé ag éirí bréan de. Céard a chuir tús leis an babhta seo?'

'Aaaaagh! Céard is fiú labhairt faoi?'

'Céard a tharla?'

Chuaigh sé go dtí an cuisneoir agus thóg sé amach buidéal bainne. Chuir sé lena bhéal é, ag déanamh aon bholgam amháin de, nach mór.

'Nuair a tháinig mé isteach, bhí glaoite ar an teach ag bainisteoir an tí ósta. Nuair a mhínigh sé cén fáth a raibh

sé ag glaoch, dúirt Daid leis imeacht i dtigh diabhail, mar
nach raibh aon mhac aigesean chun bheith ag freastal ar
bhoird i bpub. Dúirt sé leis nach raibh an t-am agam, ar
aon chaoi mar go raibh mé chun deiridh leis an obair
scoile!'

'Agus chaill tú an post?'

'Céard a cheapann tusa?' ar seisean go searbhasach.

'Bhuel, céard a dhéanfaidh tú anois?'

'Tá neart tithe ósta sa chathair seo. Gheobhaidh mé post
áit éigin eile. Caithfidh mé! Má chaillim mo chuid
sprioclaethanta íoctha, tá sé de cheart ag an siopa
athsheilbh a ghlacadh ar an trealamh. Dá dtarlódh sé
sin . . .'

Níor chríochnaigh sé an abairt.

'Tá Cian go deas!' ar sise d'fhonn an comhrá a éadromú.

Chonaic sí miongháire lag diabhlaíochta ag briseadh
amach ar a aghaidh dá bhuíochas.

'An ndeir tú liom é?' ar seisean, agus mala in airde aige.

Bhraith sí í féin ag lasadh. D'athraigh sí a port go
tobann.

'Bhuel, em . . . is é sin le rá go bhfuil guth an-deas aige.
Agus ní dóigh liom gur duine postúil é. Tá sé breá sásta
ligean domsa mo rogha féin amhrán a chasadh.'

'Tuigim!' ar seisean, agus gáire go smig air. 'Ar mhaith
leat dá bhfaighinn amach duit an bhfuil aon spéis aige
ionat?'

'Dún do chlab!'

'Ó, ní haon trioblóid é!' ar seisean ag sclogadh gáire.

'Caith uait an straoisíl amadáin sin, a phleidhce!' a
scairt sí agus í ag iarraidh a náire a cheilt. Tá mise ag dul
a luí.'

D'fhág sí é ag scigireacht ina diaidh.

'Huth!' ar sise léi féin agus í ar a bealach suas an
staighre. 'Ní raibh seisean i bhfad ag cur a ghruaime de!'

Ach san am céanna, bhí uirthi a admháil di féin gur
chuir an smaoineamh go bhféadfadh Cian a bheith rud
beag deas uirthi sórt aoibhnis ar a croí.

Nuair a shroich sí barr an staighre, chonaic sí a hathair

ag teacht amach as a sheomra staidéir agus ag dul isteach ina sheomra leapa. Níor bheannaigh sé di ar chor ar bith.

Ach bhí sí cinnte go bhfaca sí deora ag glioscarnach ar a shúile faoi loinnir an tsolais cheann staighre.

——4 'Go dtí an dá shúil!' ——

An chéad rud a bhuail Colm ar shiúl isteach an doras dó
ná an ceo bréan tobac a d'ionsaigh a shúile láithreach,
agus a chuir greadfach iontu faoi mar a bheadh oinniúin á
smiotadh aige. San am céanna, ionsaíodh a chluasa ag an
racán spleodrach ón slua a bhí bailithe istigh san áit.
Dhún an doras de phlab ina dhiaidh, agus d'fhan sé ansin
nóiméad ag baint lán a dhá shúl as a raibh timpeall air.

Bhí an áit dubh le daoine, cuid acu ina suí go
míchompordach timpeall ar bhoird bheaga, cuid acu ina
seasamh sna pasáistí, agus an chuid eile brúite suas chun
an chuntair ar nós scadán i mbairille, ag iarraidh aire
fhear an bheáir a tharraingt.

Bhraith sé é féin ag féachaint orthu mar a fhéachtar ar
ainmhithe sa zú, á dtabhairt faoi deara i ngan fhios dóibh.
Gach áit bhí daoine ag cabaireacht agus ag dradaireacht
ag nós moncaithe. Chaith fear mór ramhar cúpla slat
uaidh a cheann siar, agus lig sé scairt mhór gháire as, ag
nochtadh lán béil de tháthán óir. Chuir sé carachtar as
scannán de chuid James Bond i gcuimhne dó!

Rinne sé a bhealach tríothu, é ag lúbarnaíl ar nós
eascainne, agus sa deireadh, d'éirigh leis an cuntar a
bhaint amach. Beirt a bhí ag freastal; óganach caol rua a
raibh féachaint dhobhránta ina shúile, agus fear beag
meánaosta a bhí ag déanamh obair triúir, é ag líonadh dhá
phionta Guinness le láimh amháin, agus ag síneadh na
láimhe eile laistiar de chun miosúr fuisce a chur i ngloine
as buidéal a bhí iompaithe bunoscionn ar fhráma.

'Sea?' arsa an fear go borb nuair a thug sé faoi deara é.

'Tá mé anseo mar gheall ar an bpost a d'fhógair tú ar an

bpáipéar,' arsa Colm de ghuth ard. 'Bhí mé ag caint leat ar an teileafón.'

'Ó sea, Ciarán, nach ea?'

'Ní hea, Colm.'

'Colm! Sin é. Cogar, an ndearna tú an saghas seo oibre cheana?'

'Rinne, cinnte,' arsa Colm, ag insint bréige.

'Céard é féin?'

'Rinne!' a bhéic Colm arís.

'Céard a dúirt tú? Féach, ní féidir liom thú a chloisteáil thar an ngliogaireacht seo ar fad. Gabh i leith isteach anseo.'

D'ardaigh sé píosa den chuntar a bhí ar insí, agus d'oscail sé doras beag faoi.

'Déan deifir! Tá siad ag dul fiáin anseo.'

Rinne Colm amhlaidh, é ag leagan crúsca uisce ar an mbealach.

'Ní raibh mé ag súil leis an dream seo go dtí amárach!' a mhínigh fear an bheáir. 'Turas cóiste atá ann. Club scuaise ó Chathair na Mart ag déanamh lá siopadóireachta i mBaile Átha Cliath. Paca *yuppies* ar mó a sparán ná a gciall! Níl mo dhothain foirne agam ar chor ar b . . .'

D'fhéach sé ar Cholm, á mheas, ar feadh soicind nó dhó.

'An bhféadfá tosú anois?'

'Anois díreach?'

'Sea! Tá muid go dtí an dá shúil in obair.'

'Ach . . .'

'Punt caoga san uair. Dhá oíche i rith na seachtaine ón a hocht go dtí a dódhéag, agus oíche amháin ag an deireadh seachtaine. Socróimid níos déanaí cé na hoícheanta a dhéanfaidh tú.

Sula raibh seans ag Colm sea nó ní hea a rá, bhí an haiste oscailte ag an bhfear arís.

'Amach leat mar sin. Tóg an tráidire seo, agus bí ag bailiú gloiní folmha. Tosaigh leis na gloiní pionta, tá géarghá agam leo. Tá an dream seo ag ól ar nós an diabhail. Líon an meaisín leo, agus brúigh an cnaipe seo. Nuair a bheidh sin déanta agat, faigh bosca, agus folmhaigh na luaithreadáin ar fad. Ná glac le hordú ar bith go ndéarfaidh mise leat.'

Amach le Colm go beo, agus é ag iarraidh a dhéanamh amach ina aigne cé mhéad ab fhiú punt caoga faoin a ceathair trí huaire in aghaidh na seachtaine.

5 Siúcra!

Ní raibh an léachtlann ach leathlán. Tar éis dóibh a bheith ag bopáil leo go dtí a trí a chlog ar maidin ag an *soirée culturelle* a d'eagraigh an Cumann Fraincise sa Choláiste an oíche roimh ré, bhí an chuid is mó den rang tar éis fanacht sa leaba. Bhí an léachtóir, Monsieur Picard, ar a dhícheall ag iarraidh an tábhacht a bhain le François Mauriac i stair litríocht na Fraincise a chur ina luí ar a chuid scoláirí spíonta, ach bhí ag teip go tubaisteach air.

In ionad a bheith ag scriobláil ar nós an diabhail, ag breacadh síos gach a ndúirt an saoi seo os a gcomhair, bhí a raibh i láthair ag féachaint air go sramshúileach mar a bheadh scata marbhán.

Agus é ag druidim ar dheireadh a léachta, ghlac Monsieur Picard sos beag ón gcaint ar feadh cúpla soicind chun leathanach a aimsiú sa leabhar a bhí faoi thrácht aige. Is ansin a chuala siad é. Ar dtús, shíl Niamh go raibh cathaoireacha á mbogadh sa léachtlann béal dorais, ach bhí údar na callóide aimsithe ag an bhFrancach agus é ag stánadh air go nimhneach.

Cúpla ró ar aghaidh ón áit a raibh Niamh ina suí, díreach os comhair an léachtóra, bhí buachaill darbh ainm Seán Ó Laoi ina chnap codlata, agus bhí na sranna fada fuaimneacha a bhí sé a thabhairt uaidh ag líonadh na háite mar a bheadh sábh innill ann!

'Monsieur Ó Laoi!' a bhéic an Picardach de ghlór ard colgach. 'Vous dormez bien?'

Gheit an leaid bocht, agus rinne sé iarracht sceimhle ar chuma na dúiseachta a chur air féin. Scairt muintir an ranga amach ag gáire d'aon ghuth ainneoin a dtuirse, agus

las an créatúr mí-ámharach go bun na gcluas. Ní raibh
Monsieur Picard róshásta, áfach.

'*D'accord!*' ar seisean go fíochmhar, ag bailiú a chuid
páipéar, agus ag siúl i dtreo an dorais. '*C'est fini la
conférence!*'

Níor thúisce na focail ráite aige ná a phreab na mic
léinn ina seasamh, iad ag deifriú chun an dorais faoi mar a
bheadh buama fógartha san áit. Siúd amach iad ina sruth
fuadrach i dtreo na bialainne. Bhí seantaithí acu ar bheith
ag iarraidh áit sa líne a fháil sula dtosódh an scuaine
fhada chíocrach ag síneadh amach an doras agus síos na
céimeanna. D'fhéadfá a bheith ag fanacht leathuair dá
ndéanfá an mhoill ba lú.

Bhrostaigh Niamh chomh maith le cách. Ar chúis éigin,
ní raibh an bhialann chomh gnóthach sin inniu, agus faoi
cheann cúig nóiméad bhí sí ag ceann na líne. D'iarr sí
babhla anraith agus cartán bainne ar an gcailín taobh
thiar den chuntar, agus d'aimsigh sí bord di féin, ag tógáil
amach na gceapairí a bhí déanta aici an mhaidin sin.

D'oscail sí leabhar agus thosaigh sí ar a lón a ithe fad a
bhí sí ag léamh. Tar éis cúpla nóiméad, áfach, leag sí síos
an leabhar. Bhí sí tar éis gáire a chloisteáil cúpla uair a
bhí an-chosúil le gáire séimh Chian, ach bhí sí cinnte go
raibh dul amú uirthi agus lean sí den léamh go raibh an
lón críochnaithe aici. Bhí sí díreach ar tí imeacht nuair a
chuala sí arís é. Chuir sí cluas uirthi féin, agus
bhreathnaigh sí timpeall na háite. Má bhreathnaigh
baineadh stangadh aisti, mar súil dár thug sí trasna an
tseomra, chonaic sí Cian ina shuí ag bord agus cailín
álainn fionn os a chomhair. Ba mhór an t-ionadh léi é a
fheiceáil ar an gcampas maidin Luain, go háirithe agus é
in ainm is a bheith ag obair i lár na cathrach. Bhí an
bheirt acu cliathánach léi, agus bhí gruaig fhada an chailín
ag lonrú faoi sholas na gréine a bhí ag doirteadh isteach
tríd an bhfuinneog taobh leo. D'fhéach sí orthu ag caint ar
feadh cúpla nóiméad. Ba léir ar an gcaidreamh ciúin
compordach eatarthu go raibh aithne mhaith acu ar a
chéile. Bhraith sí corraí éigin inti féin nár thaitin léi.

'A Niamh!'

Bhí sí feicthe aige. Bhí sé éirithe ina sheasamh agus é ag sméideadh anall uirthi. Ba bhreá léi dá slogfadh an talamh í. D'ardaigh sí a tráidire, agus rinne sí a bealach sall chucu.

'Bhí mé díreach ag caint ort!' ar seisean. 'Suigh isteach ansin. Gabh i leith, bhí mé ar tí dul suas faoi dhéin caifé. An ólfaidh tú cupán in éindí linn?'

'Emmm . . .'

'Ó, gabh mo leithscéal, seo í Bairbre. A Bhairbre, seo í Niamh.'

'Beidh cupán agam, cinnte,' ar sise leis, ag beannú don ainnir agus ag suí fúithi go tamáilte.

'Togha!' arsa Cian, agus suas leis i dtreo an chuntair.

Ba shíoraíocht le Niamh an cúpla nóiméad a thóg sé air filleadh.

'Deir Cian liom go bhfuil pleananna móra agaibh don ghrúpa,' arsa Bairbre.

Cérbh í an duine seo a bhí chomh mór sin leis, a chailín?

'Ó, bhuel, níl ionamsa ach ball an-nua. Ach tá mé ag ceapadh go bhféadfaimis a bheith an-mhaith.'

'Caithfidh sé mé a thabhairt chun sibh a chloisteáil am éigin.'

Dá hainneoin féin, bhraith Niamh í féin mar a bheadh sí i bhformad leis an gcailín seo, agus ba shuarach léi mar mhothúchán é. Dá mba rud é go raibh Cian ag siúl amach le Bairbre, b'fhearr go mór fada léi fanacht amach ón mbeirt acu. Ní raibh aon chuimhneamh aici ar pháirt a ghlacadh i gcomórtas grá. Ach mar sin féin, ba thrua léi nach raibh luaite ag Cian go raibh cailín aige. Dhéanfadh sé sin an scéal i bhfad níos simplí. Ba é an grá Dia di é nuair a d'fhill sé faoi dheireadh.

'Céard a thug isteach anseo thú, a Chéin?' a d'fhiafraigh sí de chomh nádúrtha agus a bhí inti.

'Cúrsa maidine,' a d'fhreagair sé go gealgháireach. 'Rith Dámh an Leighis é chun tuairim a thabhairt dúinn ar céard atá romhainn an bhliain seo chugainn. Bhí orm maidin a ghlacadh saor ón siopa lena aghaidh.'

Sheas Bairbre.

'Caithfidh mise a bheith ag greadadh liom. Feicfidh mé níos déanaí thú, a Chéin.'

'Bhuel, sin agat é, a chailín!' arsa Niamh ina hintinn féin ar chloisteáil seo di. *'Nár thú an óinseach cheart agus a cheapadh go raibh do Phrionsa Álainn aimsithe agat?'*

'Ceart go leor,' arsa Cian.' Ó, fan soicind a Bhairbre, abair le Mam go mbeidh mé déanach ag teacht abhaile agus gan a bheith ag fanacht ina suí romham.'

'O.K.' arsa Bairbre, agus d'imigh sí léi.

D'fhéach Niamh air agus ionadh uirthi.

'B'in í do dheirfiúr?'

Rinne sé gáire.

'An cailín céanna. Mo leathchúpla le bheith níos cruinne faoi. Mise is sine, ar ndóigh. Tá nóiméad go leith agam uirthi. Seo do chaifé. An nglacann tú siúcra?'

'Siúcra . . .' ar sise go mall machnamhach faoi mar a bheadh sí ag iarraidh brí an fhocail a thuiscint.

Agus iad leath bealaigh trína dtríú cupán caifé, scairt Niamh amach ag gáire go tobann gan choinne.

D'fhéach Cian uirthi le hiontas. 'Cén gáire sin ort?'

'Tá brón orm,' ar sise. 'Níl ann ach go bhfuil mé ag samhlú do mháthar ina suí romhat sa chistin ar a trí a chlog ar maidin agus bata mór aici.'

Bhris an gáire ar a aghaidh.

'Bhuel, tá a fhios agat máithreacha. Bíonn siad i gcónaí . . .'

Stop sé. D'fhéach sé uirthi agus cineál aiféaltais air.

'Gabh mo leithscéal, rinne mé dearmad ar feadh soicind ansin.'

'Ná bí buartha faoi,' a d'fhreagair sí go ceanúil. 'Déanaimse dearmad mé féin uaireanta. Cogar, cá bhfuil do thriall anocht ar aon chaoi?'

'Tá cóisir ar siúl againn sa siopa. Tá duine de na cailíní ag fágáil na tíre. Tá sí ag dul go Meiriceá.'

'Go Meiriceá? Cén fáth nach bhfanfadh sí sa bhaile?'

'Bhuel, chuir a fear céile isteach ar víosa ansin anuraidh, agus fuair sé ceann. Bhí sé dífhostaithe le bliain, agus ní raibh mórán de chosúlacht ar an scéal go bhfaigheadh sé post in Éirinn.'

'Bhí an t-ádh air agus an víosa a fháil.'

'Bhí, tá stádas dleathach aige anois. D'imigh sé sall an mhí seo caite leis an mbealach a réiteach, agus anois tá Samantha á leanúint.'

'Go n-éirí leo.'

'Ó a dhiabhail!' ar seisean, ag féachaint ar an gclog. 'Beidh ormsa na cosa a thabhairt liom amach as an áit seo nó beidh mé déanach don obair. Crochfar mé!'

'Feicfidh mé ag an gcleachtadh oíche Dé hAoine thú, mar sin,' arsa Niamh ag éirí agus ag breith ar a cuid leabhar. Tá rang teagaisc agam ar a ceathair, caithfidh mé bheith ag réiteach lena aghaidh.'

'Céard faoi mé a fheiceáil anocht?'

Bhain tobainne na ceiste siar aisti.

'Em, bhuel . . .'

'Féach, d'fhéadfá teacht chuig an gcóisir! Bheadh fáilte romhat. Tá an dream ar fad ag tabhairt daoine leo.'

'Ááá . . .' ar sise de ghlór caointeach magúil. 'Agus nach bhfuil aon duine ag Cian bocht?'

'Ó, tá na mílte agam, ar ndóigh!' ar seisean agus loinnir ina shúile. 'Ach, an bhfuil a fhios agat? Mar a tharlaíonn, tá siad ar fad gafa anocht!'

'Ba bhreá liom teacht!'

A luaithe agus a bhí an rang teagaisc thart, bhrostaigh Niamh chuig an stad bus. Bhí fonn uirthi a bheith sa bhaile go luath le go bhféadfadh sí í féin a réiteach i gceart don oíche. Bhí Cian le hí a bhailiú thart ar a hocht, agus theastaigh uaithi folcadh a ghlacadh ar a compord roimhe sin.

Mar a tharla, bhí an bus leathuair an chloig déanach, agus bhí sé ag druidim le a seacht nuair a shroich sí an baile. Níor thúisce a cos leagtha thar thairseach aici ná a thrúpáil Colm anuas an staighre chuici ar nós tairbh.

'Tá sé tagtha! Tá sé tagtha!'

Bhí clúdach litreach ina láimh, agus é á chroitheadh san

aer faoi mar a bheadh an *Lotto* buaite aige.

'Céard tá tagtha, in ainm Dé? Ar an ngáire sin ort, déarfainn nach é do thuairisc scoile é ar aon chaoi!'

'Léigh sin!'

Bhrúigh sé an litir chlóbhuailte isteach ina láimh.

'An Comórtas!' ar sise, á léamh go sciobtha.

'Go raibh maith agaibh as bhúr n-iontráil. Shásaigh bhur gcaiséad taispeántach na moltóirí . . . áit sa chéad bhabhta . . . iarrtar oraibh a bheith i láthair ar an gcéad lá de mhí an Mhárta sa Bhaggot Inn ag a hocht a chlog.'

D'fhéach sí ar Cholm le scéin.

'Ó a Thiarna Dia, sin seachtain ón Aoine seo chugainn!'

'Nach bhfuil a fhios agam?' arsa Colm. 'Caithfimid an scéal a chur chuig na baill eile.' Tá mise ag dul trasna tigh Phóil láithreach. Glaofaímid as sin ar Niall. Anois, níl aon teileafón ag Cian, mar sin beidh orainn . . .'

Bhris sí isteach air.

'Em, bhuel . . . mar a tharlaíonn, beidh Cian anseo i gceann uaire nó mar sin. Féadfaimid insint dó faoi ansin.'

'An mar sin é?' ar seisean agus aghaidh scige air.

'Sea. Tá muid ag dul amach go dtí cóisir.'

'Nach méanar daoibh!'

Chaith sé a chóta air go sciobtha.

'Bhuel, beidh ort an nuacht a thabhairt dó tú féin, tá mise ag bailiú liom sula dtagann an seanleaid isteach. Abair leis go mbeidh cleachtadh againn oíche amárach sa phluais. Slán.'

Bhí Niamh fós san fholcadán nuair a chuala sí clog an dorais á bhualadh. Gheit sí. Bhí D.J. an chláir raidió a raibh sí ag éisteacht leis díreach tar éis an nuacht ag a hocht a fhógairt.

'Bí ag caint ar bheith pointeáilte!'

Bhí sí díreach chun éirí agus a fallaing folctha a chaitheamh timpeall uirthi féin, nuair a chuala sí a hathair ag oscailt an dorais agus ag treorú Chian isteach sa seomra suí. Bhí áthas uirthi nach mbeadh uirthi é a ligean isteach í féin agus í ina líbíneach báite, cé go raibh sí rud beag amhrasach faoin gcaoi a gcaithfeadh a hathair leis an leaid.

Nuair a tháinig sí anuas an staighre faoi dheireadh, bhí sé fiche tar éis a hocht. Bhí ciúnas aisteach sa seomra; Cian ina shuí ar an tolg, agus cuma mhíshuaimhneach air, agus a hathair ag léamh a pháipéir gan aird ar bith aige ar aon duine.

Nuair a chonaic Cian í, gheal a aghaidh faoi mar a bheadh sé á scaoileadh as príosún.

'Tá brón orm!' ar sise go leithscéalach. 'Bhí an bus déanach agus . . .'

'Ná bí buartha faoi, níl aon deifir rómhór orainn.'

Sheas sé, ag féachaint i dtreo athair Niamh.

'Em bhuel, slán mar sin, a dhuine uasail.'

D'fhéach an t-athair thar bharr an pháipéir.

'Slán.'

Lean sé air ag léamh. Fuair Niamh a cóta ón seastán, agus chuir sí uirthi é.

'Slán a Dhaid.'

Agus an doras á oscailt aici, chuala Niamh a hathair ag cur síos an pháipéir agus ag teacht amach sa halla. Rug sé ar laiste an dorais.

'Dúnfaidh mise in bhur ndiaidh é.'

Chuir an méid seo iontas uirthi. B'fhada ó tháinig a hathair chun an dorais le slán a chur léi.

'Em, bainigí taitneamh as an gcóisir,' ar seisean go míchompordach.

6 Megadeth!

Ba léir ar an slua a bhí ag an stáisiún go mbeadh traein ann nóiméad ar bith. Cheannaigh siad a dticéid agus amach leo ar an ardán.

'Tá brón orm as tú a fhágáil chomh fada sin le m'athair.' arsa Niamh. 'Ní duine róchainteach é na laethanta seo.'

Rinne sé gáire beag.

'D'fhéadfá a rá nach ea. Ach mar sin féin, ní raibh sé chomh dona sin. Tar éis a ndúirt Colm faoi, bhí mise ag súil leis an Ayatollah Khomeni!'

'Bhuel, tig leis a bheith dúr go maith uaireanta. Ach ní fheadar, braithim bogadh éigin air le tamall anuas. Is dóigh liom go mb'fhéidir gur mhaith leis a bheith mór linn arís mar a bhí sna seanlaethanta, ach nach bhfuil a fhios aige cén chaoi le tabhairt faoi.'

Tháinig an traein, agus fuair siad suíocháin ar thaobh na farraige. Bhí an carráiste beagnach lán de dhaoine a bhí ag dul isteach sa chathair ar thóir shiamsaíocht na hoíche. Bhrúigh óganach ard tanaí nach raibh ribe gruaige ar a cheann isteach in aice le Niamh. Bhí cluasáin air, ach bhí a Walkman ar siúl chomh hard sin aige go raibh an ceol le cloisteáil ar fud an charráiste. Ní raibh Niamh róchinnte cén grúpa a bhí ann, ach ar an gcallán grágach, bhí tuairim mhaith aici gur mhiotal trom a bhí siad a chasadh.

'Is fuath liom an truflais sin!' ar sise le Cian, í lánchinnte nach bhféadfadh an leaid in aice léi dada a chloisteáil.

'Níl mé róthugtha dó mé féin!' ar seisean agus é ag déanamh gáire faoina hoscailteacht dhána. 'Megadeth atá ann is dóigh liom.'

Mura raibh sé in ann iad a chloisteáil féin, d'éirigh lena gcomhphaisinéir liopaí Chian a léamh. Gheal a aghaidh.

'Tá an ceart agat!' a bhéic sé in ard a ghutha. 'Megadeth!'

D'fhéach na daoine eile sa charráiste air faoi mar ba ghealt é. Thuig an leaid bocht céard a bhí déanta aige, agus bhain sé na cluasáin de féin.

'A gcéad albam atá anseo agam!' ar seisean.' Tá siad thar cionn, nach bhfuil!'

'Ar fheabhas! Ar fheabhas!' arsa Cian. Ní ligfeadh a chroí dó an fhírinne a dhéanamh leis. Ach sula raibh mórán eile den turas curtha díobh, bhí aiféala air nár lig, mar go ceann fiche nóiméad ina dhiaidh sin, tugadh léacht fhada bhríomhar dóibh ar na difríochtaí idir *Miotal Trom, Miotal Luais,* agus na saghsanna iomadúla eile Miotail a bhí ann. Ba é an grá Dia dóibh é nuair a thuirling an t-ógánach ag Stáisiún Piarsach, ag rá leo go raibh sé ag dul chuig gig sa Mhagnet Inn.

'Ó, is beag nach ndearna mé dearmad air!' arsa Niamh go tobann. 'Dea-scéal faoin gcomórtas. Tháinig litir ar maidin. Caithfimid a bheith sa Bhaggot Inn ar an gcéad lá de mhí an Mhárta.'

'Huth? Sin . . . .'

'Tá a fhios agam. Seachtain ón Aoine seo chugainn!'

Bhí an chóisir thar cionn. Bhí an siopa plódaithe le cairde Samantha, agus bhí atmaisféar iontach ann. Scríofa ar bhratach mhór mhillteach a bhí ar crochadh ón tsíleáil bhí na focail:

Ádh Mór i S.A.M. a SAM!!

Bhí an bhratach breac le sínithe, agus le dea-ghuíonna óna cairde agus óna comhoibrithe go léir. Thart ar a deich a chlog, tugadh isteach císte ollmhór a bhí déanta i bhfoirm ceirnín, agus bronnadh seit álainn de chásanna taistil uirthi. Ansin sheas Samantha, agus ghabh sí buíochas leo ar fad i nglór corraithe. Nuair a chonaic Niamh an mháthair ag tochtaíl goil le linn dá hiníon a bheith ag caint, bhraith sí na deora ag teacht léi féin.

Tar éis cúpla uair an chloig de dhamhsa, cuireadh stop leis na ceirníní, agus tosaíodh ar sheisiún ceoil. Bhí giotáir agus uirlisí eile ceoil tugtha leo ag cuid acu, agus níorbh fhada go raibh an comhluadar ag gabháil na bhfonn ar a ndícheall.

'A Chéin!' arsa Samantha nuair a tháinig sos beag sa chanadh. 'Cas thusa rud éigin. B'fhéidir nach gcloisfidh mé an glór sin agat arís go deo!'

'Ha!' ar seisean. 'Nach ort a bheas an t-ádh?'

Cuireadh giotár isteach ina láimh, ach leag sé síos é.

'Casfaidh mé amhrán a chum imirceach eile na blianta ó shin. Faraor go bhfuil sé chomh hoiriúnach céanna sa lá atá inniu ann is a bhí an lá a cumadh é!'

Dhún sé a shúile, agus thug sé faoi.

> *'Sé an trua nach bhfuil mé in Éirinn*
> *San áit ar tógadh mé i dtús mo shaoil . . .*

Thost gach a raibh ann, agus chloisfeá biorán ag titim san áit nó gur oscail sé a shúile arís. Líon na focail bhrónacha an seomra, agus bhraith Niamh í féin mar a bheadh sí ar snámh ar fharraige álainn fuaimeanna a bhí ag dul go smior na gcnámh inti.

Bhí sé i ndiaidh a haon faoin am a bhain Niamh a leaba amach. Ní thiocfadh an suan chuici, áfach, agus bhí sí ina luí ansin idir codladh agus dúiseacht nuair a taibhsíodh di gur chuala sí doras na sráide á oscailt. D'éirigh sí as an leaba, agus amach léi ar an léibheann cheann staighre. Agus í ag dul thar sheomra a hathar, chuir an anáil anacrach a chuala sí in iúl di go raibh seisean ina chodladh. Chuaigh sí go doras Choilm, agus cluas uirthi le héisteacht.

'Céard tá ar siúl agat?'

Ba bheag nár thit an t-anam aisti. Chas sí timpeall, agus chonaic sí Colm ina sheasamh cúpla céim síos ó bharr an staighre.

'Ó, a Thiarna! Bhain tú geit asam. Ní raibh mé cinnte ar

chuala mé an doras nó nár chuala. Cá raibh tusa go dtí an t-am seo?'

'Gnóthach! Ar inis tú scéal an chomórtais do Chian?'

'D'inis.'

'Go maith. Tá curaí sicín agam sa chistin. An íosfaidh tú cuid de?

'D'fhéadfá a rá go n-íosfaidh, tá mé stiúgtha. Cá bhfuair tusa an t-airgead le haghaidh béilí Síneacha?'

Síos leo chun na cistine mar ar thóg Colm dhá phláta ón gcófra agus leag ceann amháin díobh os a comhair.

'Ugh!' ar sise nuair a fuair sí an boladh bréan óna léine. 'Cá raibh tusa anocht? Tá boladh gránna tobac uait.

'Bhí mé ag déanamh roinnt oibre!' ar seisean, ag dáileadh an churaí ar na plátaí, 'rud nach mbeadh aon chur amach ag do leithéidse air!'

'Tá tú ag obair i bpub? Má fhaigheann Daid amach . . .'

'Ní bhfaighidh sé!'

Leis sin, chuala siad ag teacht anuas an staighre é.

'Cá raibh sibhse go dtí an tráth seo den oíche?' a d'fhiafraigh sé, ag siúl isteach sa chistin agus é fiarshúileach ag an solas.

'Ag an gcóisir sin, a Dhaid,' arsa Niamh go sciobtha.

'Ó, sea, an chóisir. Conas a bhí sí?'

'Ó, bhí sí ar fheabhas!'

D'fhéach sí ar a deartháir.

'Nach raibh, a Choilm?'

'Huh? Ó . . . em . . . bhí sí ceart go leor.'

D'fhéach Daid ar Cholm mar a bheadh saghas scátha air roimhe.

'Cén chaoi a bhfuil an ceol ag teacht ar aghaidh na laethanta seo?'

Níor thug Colm aon aird ar an gceist. Sheas sé, ag breith ar a phláta agus á thabhairt leis chun an dorais.

'Íosfaidh mé seo i mo sheomra.'

Bhí Niamh scanraithe. D'fhéach sí ar a hathair féachaint cén chaoi a nglacfadh sé leis an masla seo. Ba léir gur ghoill sé air, ach ní dúirt sé dada. D'imigh Colm leis agus shuigh an t-athair síos ag an mbord.

'An bhfuil braon tae fágtha sa phota?'

'Tá, cinnte.'

Líon sé cupán dó féin, agus chuir sé braon bainne ann.

'Oíche mhaith mar sin,' ar seisean ag leagan a láimhe ar a gualainn go ceanúil agus ag ardú a chupáin leis.

'Oíche mhaith, a Dhaid.'

D'fhan Niamh sa chistin ag ól tae go machnamhach léi féin go ceann leathuaire eile. Níorbh aon rud iontach mór é, a lámh a leagan ar a gualainn, ach ba leor é lena chinntiú ina haigne go raibh Daid ag teacht chuige féin arís. Le dhá bhliain anuas, sheachain sé aon chomharthaí ceana mar sin. Bhí sé mar a bheadh sé cúbtha isteach ann féin. Nuair a cailleadh Mam, thit an tóin as a shaol, agus níor leor fiú a pháistí leis an mbearna ollmhór a d'fhág a bás a líonadh.

Ach má bhí seisean réidh le haghaidh a thabhairt ar an saol athuair, bhí Colm ag éirí ní ba bhinibí agus ní ba ghangaidí chuige gach uile lá. B'fhíor do Chian. Bhí sé mar dhuine a bhí á ithe ag rud éigin istigh ann féin. Mura n-éireodh leis é a dhíbirt, loitfeadh sé é.

7 'Níl Seans Agaibh!'

'Ní hea! Deán arís é!'

Bhain Niall triail eile as, ach fós ní raibh Colm sásta.

'Ní hea! Arís!'

'Ní thuigim cén fáth a gcaithfidh tú é a athrú ag an nóiméad deireanach!'

'Déan arís é!'

Chuir Niall strainc air féin.

'Déanfaidh mé uair amháin eile é. Sin an méid,' ar seisean ag dul trí na cordaí arís.

'Ní hea!' a bhéic Colm. 'In ainm dílis Dé! Níl ann ach athrú beag amháin. Nuair a chasfaidh mise an G, stop thusa ar feadh trí shoicind, agus *ansin* déan an A/G/F/E/'

'Mura bhfuil ann ach athrú beag, cén fáth a bhfuil tú ag cailleadh an bhloic ar fad faoi?'

'Tá sé tábhachtach. Déan arís é.'

Bhain Niall crios a dhoird dá mhuineál, á leagan síos i gcoinne a aimplitheora.

'Bíodh an diabhal agat!'

Tháinig confadh feirge ar Cholm. Leag sé síos a ghiotár féin go sciobtha agus thug sé cúpla coiscéim i dtreo an bhuachalla eile. Bhí seasamh mallaithe ina shúile.

Ag an nóiméad sin, léim Cian a bhí tar éis a bheith ag féachaint ar an seó le deich nóiméad anuas isteach eatarthu.

'Éirígí as in ainm Dé!'

'Abair leis siúd éirí as!' a scairt Niall go colgach. 'Tá mé bréan dá chuid orduithe!'

'Tá muid ar fad rud beag tapógach inniu,' arsa Cian. 'I gceann cúpla uair an chloig, beimid ar an stáitse. Níl ann ach go bhfuil sibh rud beag neirbhíseach faoi.'

Lean siad orthu ag baint lán na súl as a chéile go ceann cúpla soicind eile, ach sa deireadh, lig Colm osna chléibh agus chúlaigh sé, á chaitheamh féin síos ar an seantolg sa chúinne.

'Ceart go leor. Fágaimis é mar a bhí sé.'

Leis sin, tháinig Niamh isteach agus cóip de *Hot Press* ina láimh.

'Féach! Tá muid luaite anseo!'

Bhí píosa mar gheall ar an gcomórtas ann, mar aon leis an ord ina raibh na grúpaí le casadh.

'Níl a fhios agam an rud maith é bheith ar an ngrúpa deireanach a chasfas, nó an chun ár leasa a rachaidh sé?' ar sise.

'Is cuma,' arsa Cian. 'Tá sé socraithe, agus ní féidir linn dada a dhéanamh faoi.'

'Seo libh,' arsa Pól ag glaoch isteach orthu ón gcistin. 'Caithfear an trealamh a chur isteach sa veain gan mhoill. Tá coinne ag m'athair ar an taobh thuaidh den chathair ag leath i ndiaidh a hocht. Seo libh go beo!'

Bhí slua réasúnta mór bailithe taobh amuigh den Bhaggot Inn nuair a shroich siad an áit. B' ilghnéitheach amach an dream iad; ba léir gur lucht leanúna cuid de na grúpaí eile a bhí san iomaíocht a bhí iontu.

'Dhiabhail! Féach ar mo dhuine!' arsa Niall, ag díriú a mhéire ar óganach a raibh gruaig fhada chorcra air agus péire Levis a raibh an oiread sin stróiceacha ann gur mó de chraiceann ná de dheinim a bhí ar taispeáint aige!

'Baineann seisean le Thorax, is dócha,' arsa Pól.

'Thorax?' a scairt Niamh. 'Cé hiad sin in ainm Dé?'

'Ceist mhaith,' a d'fhreagair Cian. 'D'fhéadfadh Thorax an chraobh a bhreith leo anocht! Is miotalóirí troma iad agus tá siad an-mhaith. Chas siad i McGonagles le déanaí, agus tá tacaíocht láidir acu ar fud na cathrach. Má tá dream ar bith ann ar cheart dúinn a bheith buartha fúthu, is iad an dream sin iad!

'Brostaígí! Brostaígí!' Bhí athair Phóil ag éirí mífhoighneach. 'Ní féidir liom fanacht anseo go maidin!'

Amach leo, agus thosaigh siad ag tógáil na n-aimplitheoirí agus na n-uirlisí amach as cúl an veain. Tháinig cailín i gculaith fháiscthe leathair amach as taobhdhoras agus thug sí súil chiorraithe orthu nuair a chonaic sí an trealamh ar an gcosán in aice leo. Bhí a cloigeann lom ar fad seachas ribe nó dhó a bhí fágtha aici os cionn chlár a héadain, agus b'fhíochmhar ar fad an chuma a bhí uirthi.

'Cé sibhse?' ar sise go grod.

'Pus Muice!' arsa Niall á tabhairt faoi deara.

Sháigh an cailín a srón isteach ina aghaidh.

'Níl seans agaibh!' ar sise go nimhneach.

Níor fhan focal ag Niall bocht. Ní dhearna sé ach féachaint uirthi go mogallsúileach, agus leathadh béil air le hiontas. Thiontaigh an cailín ar a cúl agus d'imigh sí isteach an doras arís.

Rinne Cian gáire.

'Sin í príomhamhránaí Female Charm. Cailíní ar fad atá sa ghrúpa. Ní gá eagla ar bith a bheith orainn rompu. Níl nóta ceoil iontu!'

'Ní hin é an fáth a mbeadh eagla ormsa rompu!' arsa Pól, idir shúgradh agus dháiríre. 'D'íosfadh sise i do bheatha thú!'

Mar a fógraíodh in *Hot Press,* ba iad Female Charm an chéad ghrúpa ar an stáitse, agus níorbh fhada gur fíoraíodh focail Chian ina dtaobh. Thosaigh siad lena leagan féin de 'Nothing Compares 2U,' clasaiceach Sinéad O'Connor, nó ar a laghad, b'in a thug siad air. Ba ghaire é do chruinniú bliantúil na mban sí, agus an ainnir lenar bhuail siad lasmuigh ag scréachaíl agus ag olagón isteach sa mhicreafón ar nós cailleach as *Macbeth.*

'Is fíor duit!' arsa Colm le Cian nuair a d'fhág siad an stáitse. 'Ní baol dúinn iad siúd. Ní callán go dtí iad!'

Ba ghrúpa 'rap' an chéad dream eile, ach ní raibh siad dhá nóiméad ar an stáitse nuair a tháinig duine de lucht eagraithe an chomórtais amach ag rá go raibh siad dícháilithe de bharr gur cúlrianta réamhthaifeadta a bhí in úsáid acu.

'Ní hé seo 'Top Of The Pops'!' ar seisean leo. 'Ceol beo atá uainn, mura féidir libh é sin a sholáthar, níl aon rogha agam ach iarraidh oraibh an stáitse a fhágail.'

Bhí baill an ghrúpa spréachta ar fad, agus ar feadh nóiméad nó dhó, bhí an chuma ar an scéal go mbeadh círéib ann. Ach sa deireadh, d'imigh siad gan an iomarca achrainn a thógáil, iad ag bagairt an dlí agus a dtuismitheoirí ar *Hot Press* agus ar an mBaggot Inn araon.

'A thiarcais! Tá an áit seo craiceáilte!' arsa Niamh le Cian.

'Tá,' ar seisean. 'Ach ar a laghad, sin dhá ghrúpa as an áireamh anois.'

'An bhfuil aon eolas agat ar na grúpaí eile?'

'Níl mórán, dáiríre.'

Thóg sé amach an clár.

'Female Charm . . . Body Rap . . . ba cheart go mbeadh XYZ ag dul suas anois. Ansin Les Misérables, Thorax . . . agus muidne!'

'Úúú! Ní féidir liom é a sheasamh! Tá mo chroí ag dul amach ar mo bhéal!' ar sise. 'Téimis amach ar feadh scaithimh!'

'Nár mhaith leat na grúpaí eile a chloisteáil?'

'Mharódh sé mé! Ní bheinnse in ann an stáitse a dhreapadh, gan trácht ar amhrán a chasadh!'

'Ceart go leor,' ar seisean. 'Tá Abrakebabra díreach trasna an bhóthair, tig linn dul sall ar feadh ceathrú uaire an chloig nó mar sin.'

'Céard atá ar siúl agaibhse?' a d'fhiafraigh Niall díobh nuair a chonaic sé ag déanamh ar an doras iad.

'Ní féidir leis an gcladhaire seo an teannas a sheasamh!' arsa Cian go scigmhagúil. Beimid ár neartú féin le caifé!'

Shuigh siad suas ag an gcuntar, agus d'ordaigh Cian dhá *expresso*.

'Mmmmmm! Braithim é sin a bheith ag déanamh maitheasa dom!' arsa Niamh ag baint súmóige as an gcaifé.

'Is andúileach thú!' ar seisean, ag spochadh aisti. 'Níor bhuail mé riamh le duine a bhí chomh mór sin ina mhuinín ar chaifé! Dá gcuirfí cosc air, bheadh deireadh leatsa!'

Ní dúirt sí dada. Thug Cian féachaint aisteach faoi deara ina súile.

'Féach ort féin!' ar seisean. 'Tá muc ar gach mala agat! Ná cuireadh an comórtas as duit an oiread sin! Tá sé tábhachtach, ach ní hé bun agus barr gach ní é . . .'

'Céard a bhí ar siúl idir Colm agus Niall sular tháinig mise isteach níos luaithe?'

D'fhéach sé uirthi ar feadh cúpla soicind gan labhairt. Bhí a fhios aige go maith cad chuige a raibh sí.

'Bhuel, ní raibh ann ach go raibh Colm ag iarraidh ar Niall an briseadh ionstraimeach in Déan Do Rud Féin a athrú ag an nóiméad deireanach, agus ní raibh Niall sásta é a dhéanamh.'

'Ar bhuail Colm é?'

'Bhuel . . . níor bhuail . . .'

D'fhéach sí idir an dá shúil air.

'Murach gur sheas tusa isteach eatarthu bheadh sé tar éis dorn a thabhairt dó! Nach fíor sin?'

Chrap sé a liopaí.

'Bhuel, is ea . . . b'fhéidir. Ach ní raibh ann ach go raibh sé ar bís faoin gcomórtas.'

'Ní leor sin mar mhíniú air. Níl sin de réir a nádúir. Níl a fhios agam céard tá ag tarlú dó. Cúpla lá ó shin, is beag nár bhuail sé mise!'

'Tusa?'

'Is ea. Rinne mé iarracht a áitiú air go raibh sé thar am aige féin agus ag Daid síocháin a dhéanamh.'

'Agus?'

'Phléasc sé! Chuir sé i mo leith go raibh mé ag taobhú le m'athair. Nuair a d'fhiafraigh mé de cén peaca ollmhór a bhí déanta ag Daid air, d'fhéach sé orm le dhá shúil nimhe, agus ar seisean 'Cuir ceist air tú féin ós rud é go bhfuil tú chomh mór sin leis!' '

'Agus ar chuir?'

'Sssssssh!'

'Céard é féin?'

Chuir Niamh a lámh thar bhéal Chéin.

'Sin é é!'

Bhí sí casta i dtreo an raidió taobh thiar den chuntar, agus cluas uirthi le héisteacht. Chuir Cian cluas air féin. D'aithin sé an t-amhrán.

Julia, Julia, ocean child calling
So I sing this song of love Julia . . .

'Sin é an t-amhrán a bhí sé a chasadh an lá sin.'

'Cé acu lá?'

'An lá a bhris sé amach ag . . . lá amháin sa teach. Ní chreidfeá an chaoi a ndeachaigh sé i bhfeidhm air.'

D'fhéach Cian isteach ina chupán faoi mar a bheadh sé ag lorg rud éigin ann.

'Amhrán le John Lennon is ea é.'

Rinne Niamh a ceann a chroitheadh.

'Ní chuireann sin a lán iontais orm. Níl ann ach é, dar le Colm. Ná habair nach bhfuil ann ach go bhfuil sé i ngrá le cailín darb ainm Julia?'

Bhí tuairim ag Cian go raibh níos mó ná sin i gceist.

'Bhuel, ní gnáthamhrán grá é, dáiríre.'

'Cén chaoi?'

'Em . . . bhuel, Julia ab ainm do mháthair Lennon.'

Leath a béal uirthi.

'Dá mháthair?'

'Is ea. Maraíodh go tubaisteach í nuair a bhí Lennon thart ar a hocht déag. Bhuail carr í. Scrios a bás Lennon go ceann i bhfad.'

Bhí Niamh mar a bheadh sí sioctha ag focail Chéin. Chuimhnigh sí ar an mhaidin sin nuair a chaoin Colm lán a dhá shúl tar éis dó an t-amhrán a chasadh ina sheomra.

'Is óinseach mé!'

'Céard tá tú a rá?'

'Shíl mé le fírinne go raibh éirithe leis cumha bhás Mham a chur de!'

D'fhéach sí ar Chian.

'Caithfimid dul ag caint le m'athair. Caithfidh sé a thuiscint nach bhfuil Colm . . .'

Thost sí. Bhí a deartháir feicthe aici tríd an bhfuinneog

agus é ar a bhealach isteach chucu.

'Haigh! Brostaígí! Tá XYZ agus Les Misérables críochnaithe, agus tá Thorax díreach ar tí dul suas ar an stáitse! An bhfuil fúibhse teacht ar ais ar chor ar bith?'

'Thorax?' Léim Cian den stól. 'Teastaíonn uaim an dream seo a fheiceáil. Seo linn!'

Bhí siad le cloisteáil ón taobh eile den tsráid, agus ba léir fiú ón bhfad sin go raibh siad go rímhaith. Ar shiúl isteach an doras dóibh, chonaic an triúr na scórtha duine bailithe timpeall ar an stáitse agus a lámha san aer. Bhí fuinneamh an amhránaí dochreidte, é ag céimniú roimhe go péacógach ó cheann ceann na stáitse agus gach pocléim mhire as. D'éirigh sé chomh corraithe cúpla uair gur dhreap sé na callairí móra troma ar dhá thaobh an stáitse, ag béicíl ar a lucht éisteachta ar nós Shuibhne Geilt!

Bhí an príomhghiotáraí ina staic sa chúinne, beag beann ar aon duine. Bhí a shúile dúnta aige, agus ar an gcár ainnis a bhí sé a chur air féin, shílfeá go raibh gach nóta dár chas sé á róstadh ina bheatha! Dá airde an nóta, is ea ab ainnise an scaimh scáfar a thiocfadh ar a aghaidh.

De réir mar a bhí seó Thorax ag dul ar aghaidh, bhí an misneach ag cliseadh ar Niall. Bhí an dream seo timpeallaithe ag daoine a shíl gur as a gcúl a d'éirigh an ghrian. Is ar éigean má bhí an t-ainm Pus Muice cloiste ag duine ar bith san áit!

'Tá deireadh linn!' ar seisean go cráite. 'Stróicfidh an scata seo as a chéile muid nuair a dhreapfaimid an stáitse sin.'

Bhí Colm ag luí i gcoinne an bhalla i gcúl an tseomra, agus a lámha fillte ar a chéile, é ag tabhairt gach ní faoi deara go ciúin staidéarach. Bhí a shúile ag scinneadh ón amhránaí go dtí an giotáraí, go dtí an drumadóir, agus ar ais go dtí an t-amhránaí; é ag sú isteach a raibh ag tarlú ar an stáitse.

'Ní hiad an slua a chaithfimid a shásamh,' ar seisean.

'Ach tá mé cinnte go bhfuil Thorax ag dul i gcion go mór ar na moltóirí freisin,' a d'fhreagair Niall.

'Ní bheinnse chomh cinnte sin de.'

'Cén chaoi?'

'Tá a gcuid amhrán ar fad róchosúil le chéile; tá na cordaí céanna iontu ar fad beagnach. Ba cheart dóibh an rithim a athrú anseo is ansiúd le ceann mall nó dhó. Agus féach orthu! Ní chasann siad mar ghrúpa, ní thugann siad aird ar bith ar a chéile. Bainfear marcanna díobh dá bharr sin'

'Ach an mbainfear go leor le go mbeidh an bua againne?'

D'éalaigh fáthadh an gháire thar a bhéal.

'Is mó a bhraitheann sin orainne ná orthusan!'

Pé ar bith céard a cheap Colm fúthu, ní bhfuair a gcuid leanúnaithe féin locht ar bith ar sheinm Thorax, agus nuair a bhí deireadh casta acu, is beag nár bhain siad an díon den áit ag iarraidh ar a laochra miotail filleadh ar pháirc an áir.

Mar a tharla, níor ligeadh don ghrúpa *encore* a dhéanamh mar go raibh siad imithe thar am cheana féin, agus dúradh le Pus Muice teacht aníos. An dá luas is a bhí glaoite orthu, thosaigh scata de lucht leanúna Thorax ag cantaireacht go callánach achrannach:

'*Thorax! Thorax! Thorax! Thorax!*'

Chonaic Colm an eagla i súile Néill.

'Seo linn!' ar seisean. 'Ná bacaigí leo sin. Ní bheidh meas uisce na bhfataí acu orainn is cuma céard a dhéanfaimid. Ach tá neart daoine amuigh ansin a aithneoidh ceol maith nuair a chloisfidh siad é. Cuimhnígí orthu sin! Cuirigí bhúr gcroí ann agus beidh linn! Is fearr de ghrúpa muid ná dream ar bith a chas anseo anocht!'

Bhí loinnir ina shúile le bród, agus ba léir gur chreid sé go huile is go hiomlán sa mhéid a bhí sé a rá. Ghlac an chuid eile misneach uaidh agus suas leo de ruathar pléascánta chun breith ar a gcuid uirlisí. Thug Cian cúpla coiscéim i dtreo an mhicreafóin. Chuir sé a lámh os cionn a shúl agus d'fhéach sé amach ar na daoine.

'Heló! Cén chaoi a bhfuil sibh?'

'Fág an áit!' a scairt gaigín gioblach ó chúl an tseomra.

'Go mba é duit!' a d'fhreagair Cian go tapa agus cab searbhasach air. Rinne an slua gáire. *'Babhta a haon domsa.'* ar seisean leis féin. Ach bhí a fhios aige nach raibh ach cúpla soicind aige chun smacht a fháil orthu. Bhí callán bagrach leanúnaithe Thorax ag dul i méid. Mura n-éireodh leis iad a cheansú go luath, bheadh Pus Muice i dtrioblóid. Chíor sé a intinn d'fhonn teacht ar straitéis éigin a dhéanfadh an beart dó. *'Plámás . . .'* Chuir sé a bhéal leis an micreafón agus labhair sé leis an slua arís.

'Sula ndéanfaimid dada eile, a chairde, ba mhaith liom a rá gur bhain muidne an-sult go deo as seó Thorax, agus guímid ádh mór orthu sa chomórtas!'

Thóg leanúnaithe an ghrúpa eile ollgháir fhraochta. Bhí baill a ghrúpa féin ag féachaint air le hiontas, ach ní raibh Cian críochnaithe fós.

'Mar sin, buailigí na bosa allasacha sin ar a chéile an athuair le haghaidh . . . THORAX!

D'imigh na miotalóirí troma le báiní, agus tosaíodh ar an gcantaireacht arís.

'Thorax! Thorax! Thorax!'

'Céard tá ar siúl agat?' arsa Niall agus gléas ar a shúile le scéin.

'Foighid ort!' a d'fhreagair Cian. 'Tóg bog é go fóillín.'

D'imigh tríocha soicind thart, ansin, diaidh ar ndiaidh, thosaigh an chantaireacht ag maolú nuair ba léir nach mbeadh toradh ar bith uirthi. D'fhan Cian go dtí díreach an nóiméad ceart. Ansin thug sé nod dá ghrúpa féin. Bhain sé an micreafón dá sheastán, agus labhair leis an slua go dána údarásach.

'O.K.! B' in agaibh Thorax! Is muidne Pus Muice, agus seo Rock' n Roll!'

Siúd le Colm ag bleaisteáil amach nótaí tosaigh 'Satisfaction' ar an ngiotár. D'aithin an slua an t-amhrán ar an láthair; suas leis na lámha ar nós na gcéadta píobán eala, agus i bpreabadh na súl, bhí siad ar a ndícheall ag luascadh, agus ag canadh na bhfocal in eindí le Cian. In ionad stopadh ag deireadh an amhráin, lean sé air, ag tabhairt isteach roinnt clasaiceach eile de chuid Jagger agus a bhuíne, é ag filleadh ar 'Satisfaction' ag an deireadh arís agus ag gríosú an tslua chun canta. Bhí an áit beo aige; an lucht éisteachta ar mire; gach léim agus gach radadh acu faoi mar a bheadh na Stones féin ar an stáitse.

Go tobann, le comhartha láimhe do na baill eile, thug Cian baothléim éadrom san aer. Faoi sholas snagach an *strobe,* thabharfadh duine ar bith an leabhar gur fhan sé ar foluain ansin ar feadh ala nó dhó. Stop siad an ceol díreach an soicind a thuirling sé arís. Múchadh na soilse ar fad, agus go ceann leathshoicind bhí ciúnas iomlán san áit, taobh amuigh de na macallaí creathacha ag bhí ag fuaimniú i gcluasa na n-éisteoirí go fóill. Ansin sula raibh seans ag an slua anáil a tharraingt, bhí siad tosaithe ar 'Desire', agus bhí sé ina racán críochnaithe ar fud an halla arís. Rinne Cian agus Colm damhsa craiceáilte le chéile i lár an stáitse, ag cur an tslua le buile ar fad, agus pé náire nó ceann faoi a bhí uirthi ag dreapadh an stáitse di, chaith Niamh uaithi é faoi mar a bheadh sí ag blaiseadh den saol den chéad uair riamh! Chuala sí snagbhuille a croí ina cluasa. Bhraith sí drithlíní scóipe agus lúcháire ag rith trína corp ar nós leictreachais agus í ag radadh amach na liricí beag beann ar an saol.

'Desiiiiiiiiiiire!'

'O.K!' arsa Cian agus a anáil i mbarr a ghoib aige tar éis nótaí deireanacha an amhráin. 'Déanfaimid lagú beag ar na maidí anois. Seo ceann le grúpa a bhfuil an-mheas go deo againn orthu . . .'

Dhruid Niamh isteach chun an mhicreafóin, agus chroch Colm suas 'Sin Mar A Bhíonn'. Rinne siad an curfá mar a bhí cleachta acu, Cian ag casadh an bhunruda, agus Niamh ag dul suas ochtach agus ag déanamh comhcheoil leis. Rinne cúpla duine os comhair an stáitse iarracht ar chur isteach orthu, ach chiúnaigh na daoine eile iad. Nuair a chríochnaigh siad an t-amhrán, ba gheall le stoirm thoirní torann na mbos agus na ngártha molta a d'éirigh ón lucht éisteachta.

D'fhéach Niall amach ar an slua, an alltacht agus an lúcháir ag iomaíocht le chéile ina shúile gorma.

'Dhiabhail! Is maith leo muid!'

Anois bhí sé in am ag Niamh lár an stáitse a thabhairt

uirthi féin ina haonar. Bhí socraithe acu go gcasfadh sí 'Laetha Geala M'Óige' le Enya óna halbam Watermark a bhí tar éis na céadta míle cóip a dhíol ar fud an domhain. Shuigh sí síos ag an bpianó mór bán agus thosaigh sí air. Thug an t-amhrán seans di scód iomlán a ligean lena glór, agus diaidh ar ndiaidh, shníomh sí gréasán álainn ceoil a chlúdaigh an áit ar fad ag cur draíochta ar a raibh i láthair. Nuair a stop sí gan choinne ar feadh soicind i lár focail níor thug ach baill eile an ghrúpa faoi deara é, agus tháinig sí chuici féin ar an bpointe boise. D'fhéach Cian uirthi agus ceist ina shúile, ach níor lig sí dada uirthi féin cé gur dheacair di gan géilleadh don dubhiontas a chuir a bhfaca sí thíos fúithi uirthi. Ina shuí ansin i suíochán leis féin tuairim is leath bealaigh síos an seomra chonaic sí a hathair!

Cé go raibh sí rud beag dallta ag na soilse stáitse, ní raibh aon dabht uirthi ná gurbh é a bhí ann. Bhí a chóta mór air, agus bhreathnaigh sé aisteach i measc na ndéagóirí timpeall air a raibh T-Léinte ildaite agus seanjeans stróicthe á gcaitheamh acu. Bhí sé ar nós – ar nós múinteora i lár ranga! Ach bhí sé tagtha! Is ar éigean a bhí sí in ann fianaise a dhá súl a chreidiúint. A luaithe agus a chríochnaigh sí an t-amhrán, rith sí sall go dtí Colm de sciuird.

'Tá Daid anseo!'

Níor chuala sé í thar an gcallán molta.

'Céard é féin?'

'Daid! Tá sé anseo! Tháinig sé chun muid a fheiceáil!'

Dá ainneoin féin, gheal aghaidh Choilm ar feadh soicind, ach níorbh ann go has go brách é. D'imigh an solas dá shúile.

'Cá bhfuil sé?'

Dhírigh sí a méar síos i dtreo na háite a bhfaca sí ann é.

'Ní fheicim dada!'

Ghéaraigh Niamh a súile agus bhreathnaigh sí síos uaithi. Chuardaigh sí an halla ar fad, ach ní raibh sí in ann é a fheiceáil áit ar bith.

'Ach bhí sé ann! Chonaic mé é. Bhí sé ina shuí thíos ansin. Chonaic mé é!'

'Chonaic! Agus chonaic mise Zig agus Zag!'

'A Choilm, bhí . . .'

Ach ní raibh sé ag éisteacht léi. Bhí Cian ag cur an chéad amhráin eile i láthair, agus bhí Colm ag déanamh réidh lena thosú. Bhí Niamh ar a bealach ar ais go dtí a micreafón féin nuair a thug sí clampar éigin faoi deara thíos fúithi. Bhí troid ar siúl idir dhá fhaicsean éagsúla, agus bhí na maoir ar a ndícheall ag iarraidh iad a chur ó chéile. D'fhéach an grúpa ar a chéile agus gan a fhios acu céard ba cheart a dhéanamh. Shocraigh Cian an cheist nuair a lig sé béic ar na sluaite a bhí ag brú siar le radharc a fháil ar an gcíréib.

'Ná bacaigí leis an tseafóid sin! Seo an áit a bhfuil an craic. Seo leagan nua d'amhrán a mbeidh cur amach agaibh ar fad air.' Chaoch sé súil ar Phól agus chroch sé suas rithim bheoga Rock 'n Roll ar na drumaí. Thosaigh Colm ar shraith cordaí nach mbeadh as áit sa mhiotal trom féin, agus thug Niall go dóite don dord é. Siúd le Cian ag starrfach thart mar a bheadh leon caithréimeach ann agus é ag stealladh amach na bhfocal i nglór garbh áiféiseach.

> *Ar mo ghabháil dom siar chun droichead*
> > *Uí Mhórdha*
> *Píce i mo dhóid 's mé ag dul i meitheal*
> *Cé chasfaí orm i gcumar ceoigh,*
> *Ach Pocán Crón is é ar buile?*

D'oibrigh sé de réir a chéile, thosaigh an slua ag tabhairt a gcúl lena raibh ar siúl taobh thiar díobh, agus ag brú suas chun an stáitse arís. Thug sé seo deis do na maoir breith ar lucht achrainn agus iad a chaitheamh amach. Níorbh fhada go raibh an uile dhuine san áit ag casadh an churfá in ard a chinn is a ghutha.

> *Aililiú bop siúáidí*
> *Aililiú bop siúáidí áidí*
> *Aililiú tá an poc ar buile.*

Shiúil siad den stáitse mar a bheidís i mbrionglóid. Bhí gártha an tslua ag baint macallaí as ceithre bhalla an tí.

'Bhuel,' arsa Cian, 'Rinneamar ár ndícheall. Níor chasamar riamh chomh maith is a chasamar anocht. Mura leor sin, ní haon chúis náire dúinn é. Ní hea ach a mhalairt; tá mé bródúil asaibh ar fad!'

'Murach an seó sin agatsa ag an tús, bhíomar scriosta!' arsa Niall. 'B'iontach mar a bhain tú an dochar astu, bhí tú ar nós polaiteora!'

'Ní bheadh polaiteoir chomh cliste!' arsa Niamh.

Thosaigh siad ag déanamh a mbealaigh síos i dtreo na seomraí gléasta mar a raibh na grúpaí eile ag fanacht.

Rug Niamh greim rúnda láimhe ar Chian, á choinneáil siar, agus lig siad don chuid eile dul ar aghaidh.

'Céard tá ortsa, a bhean chóir?' ar seisean go gealgháireach.

'Dada!' ar sí. 'Ach gabh i leith . . .'

'Sea?'

Rinne sí comhartha lena méar amhail is dá mbeadh sí chun cogar a dhéanamh ina chluais. Chrom sé a leathcheann ina leith. Chuir sí a lámh timpeall a mhuiníl, á tharraingt chuici, agus phóg sí go ceanúil é.

'Rinne tú gaisce ansin. Murach tú, bheimis réidh sular thosaigh muid.'

Leath an gáire ar a aghaidh.

'Bhuel, caithfidh mé leanúint den ghaisce seo más mar sin a chúiteofar liom é!'

Chuir sé a lámh thairsti agus lean siad orthu síos an staighre.

Bhí baill na ngrúpaí eile ar fad brúite isteach sna seomraí beaga taise agus bhí an t-aer trom lena n-allas. Bhí Niall agus Pól ag caint sa phasáiste le príomhamhránaí Thorax. Bhí a chuid smididh bainte de ag an mbuachaill, agus ba shuntasach an claochlú a bhí tagtha air idir chuma agus bhéasa. Bhí sé ag gabháil leithscéil as mí-iompar a chuid leanúnaithe.

'Dáiríre, níl iontu siúd ach mionlach. Tagann formhór mór ár gcuid leanúnaithe chun éisteacht le ceol, agus sin uile. Ach le tamall anuas, tá scata amadán ár leanúint timpeall na cathrach, agus ní dhéanann siad ach drochchlú a tharraingt orainn.'

'An bhfaca aon duine Colm?' arsa Niamh, ag briseadh isteach orthu.

'B' in é bhur ngiotáraí?' a d'fhiafraigh fear Thorax di.

'Is é.'

'D'imigh sé síos an bealach sin,' ar seisean, ag díriú a ordóige thar a ghualainn.

D'fhág sí Cian ag caint leis an dream eile agus chuaigh sí ag cuardach a deartháir. Bhí cúpla seomra beag thíos ag ceann an phasáiste. Ní raibh siad in úsáid ach amháin chun troscán a stóráil. Chonaic sí solas lag ar lasadh i gceann amháin díobh. Bhuail sí cnag faiteach ar an doras, ach ní bhfuair sí freagra ar bith. Chas sí an murlán go réidh, agus d'fhéach sí isteach. Ba é a bhí ann, ceart go leor, é suite ar an urlár, a dhroim leis an mballa. Bhí a shúile dúnta aige agus é ag éisteacht le rud éigin ar a Walkman.

Nuair a d'airigh sé scáth Niamh idir é agus an solas, d'oscail Colm a shúile.

'Cén scéal?' ar seisean ag baint na gcluasán de. 'An bhfuil na torthaí á bhfógairt go fóill?'

'Níl,' a d'fhreagair sí go ciúin. 'Beidh orainn fanacht fiche nóiméad, is cosúil.'

Thost sí ar feadh cúpla soicind, agus í ag súil go gcuirfeadh Colm leis an gcomhrá. Nuair nach ndúirt sé rud ar bith, shuigh sí síos in aice leis.

'Tuige ar tháinig tú isteach anseo leat féin? An bhfuil tú tinn?'

'Níl ná tinn!' a d'fhreagair sé go borb. 'Níl fonn cainte orm, sin an méid.'

'Tuigim.'

D'ardaigh sé na cluasáin arís.

'Cad leis a bhfuil tú ag éisteacht?' ar sise ag breith ar chlúdach plaisteach an chaiséid. D'fhéach sí ar an teideal. *'Imagine le John Lennon. Fuaimrian an Scannáin.'*

Bhraith sí í féin ag coinneáil a hanála istigh dá buíochas agus í ag cruthú na ceiste ina hintinn.

'An air sin atá *'Julia'*?'

Stalc sé. D'oscail sé a bhéal, ach níor éirigh leis dada a rá. Bhí sé curtha dá threoir ar fad ag loime na ceiste.

'C . . . Céard tá i gceist agat?'

'An cuimhin leat an lá a bhogamar an t-aimplitheoir?'

'Céard faoi?'

'Bhí mise i mo sheomra. Chuala mé thú á chasadh.'

Bhí sé ag stánadh uirthi agus na súile ag dul amach as a cheann le hiontas agus le halltacht.

Leag sí a lámh ar a lámhsan go ceanúil.

'A Choilm, tuige nár inis tú dom go raibh . . .'

'Go raibh céard?' ar seisean, ag caitheamh uaidh a láimhe agus ag éirí ina sheasamh. D'fhéach sé uirthi go fíochmhar.

'Go raibh céard??'

Sheas Niamh. Chuaigh sí sall chuige, ag breith ar láimh air athuair.

'Ná bíodh fearg ort. Níl uaim ach . . .'

Chaith sé uaidh a lámh arís.

'Níl tú ach ag cur do ladair isteach i gcúrsaí nach mbaineann leatsa ar chor ar bith!' a scairt sé go colgach, ag breith ar a ghiotár a bhí ar an urlár taobh leis agus ag imeacht de sciotán amach an doras thairsti.

Rith sí amach ina dhiaidh.

'A Choilm! Cá bhfuil tú ag dul?'

In áit nach mbeidh seans agatsa do shoc a chur isteach i mo ghnósa!'

'Ach céard faoin gcomórtas?'

Bíodh an diabhal aige!' a bhéic sé thar a ghualainn.

Bhrúigh sé a bhealach trí na daoine, agus d'imigh sé suas an staighre agus amach as an áit.

'Céard a tharla?' a d'fhiafraigh Cian, ag teacht ina leith.

D'fhéach sí air, na deora i gceann a súl dá hainneoin féin.

'Rinne mé praiseach den scéal ar fad.'

'Cén chaoi?'

'Luaigh mé an t-amhrán. Tá sé bailithe leis. Níl a fhios

agam cá bhfuil sé ag dul.'

'Imeoidh mise ina dhiaidh,' arsa Cian. 'Déanfaidh mé
iarracht é a mhealladh ar ais.'

Rug sí ar uillinn air.

'Ná déan. Fág go fóill é. B'fhéidir go . . .'

Leis sin, tháinig Niall amach de sciuird fhraochta faoina
ndéin.

'Brostaígí! Brostaígí! Tá siad ag déanamh réidh leis na
torthaí a fhógairt!'

——— 8 Ar Imeall Aille . . . ———

Shiúil Colm leis agus fuadar nár thuig sé faoi. Bhí sé ag
báisteach le tamall, agus bhí imlíní spréite na bhfógraí
neon ag lonrú sna linnte ildathacha uisce faoina chosa. Bhí
macallaí ceoil nach bhféadfadh sé a dhíbirt ag bualadh
istigh ina cheann go fóill agus bhraith sé mar a bheadh sé
ar imeall aille, é ar tí titim isteach i bpoll mór dorcha éigin
a shlogfadh go deo é. Lean sé air gan aird aige ar rud ar
bith, gan a fhios aige cá raibh a thriall fiú.

'Haigh, tusa!'

D'ardaigh sé a cheann. Bhí óganach caol ard ag
sméideadh air ón taobh eile den tsráid. Níor aithin sé an
buachaill, agus d'fhéach sé ina thimpeall féachaint an
duine eile a bhí i gceist aige. Má d'fhéach, chonaic sé triúr
eile ag déanamh air ar cosa in airde. Bhí an duine trasna
na sráide ag béiceadh orthu.

'Seo ceann díobh! Beirigí air!'

Tháinig an triúr suas leis á thimpeallú sa chaoi nach
raibh slí éalaithe ar bith aige.

'Bhí tusa ag seinm leis an bpaca Gaeilgeoirí sin nach
raibh?' arsa duine acu, ag dul suas chuig Colm agus ag cur
soncanna ann d'fhonn é a ghríosú chun troda.

'Má bhí, is de mo ghnó féin é!' ar seisean agus é ag cosc
na soncanna. 'Fág an bealach!'

'Sibhse ba chúis le muidne a bheith caite amach!'

D'fhéach Colm idir an dá shúil air.

'Má caitheadh amach sibh, sibh féin faoi deara é.'

Rug an duine ard greim ar a chasóg.

'Má bhaineann sibhse an chraobh de Thorax, beidh
trioblóid ann!'

'Fuair Thorax an seans céanna is a fuaireamarna. Fág faoi na moltóirí anois é,' a d'fhreagair Colm, agus rinne sé iarracht a bhealach a dhéanamh tríothu. Leis sin tharraing an ceannaire buille gan choinne san aghaidh air a chuir glan dá chosa é agus a d'fhág sínte ar a dhroim é sa silteán. Thit a ghiotár as a láimh agus tharraing sé é féin aníos ar a ghlúine d'iarracht sceimhle chun breith air. Thosaigh an ceathrar ag gabháil de chiceanna agus de bhuillí air le chéile. D'aimsigh cic amháin sa chloigeann é agus thit sé de phleist arís. Rinne sé iarracht ar sheasamh, ach lúb a chosa faoi. Bhraith sé an aithne á thréigean. Trína mhearbhall ar fad, taibhsíodh dó gur chuala sé glór a d'aithin sé.

'A chladhairí bradacha!'

D'fhéach sé suas, agus amhail is dá mbeadh sé ag breathnú ar ghiota scannáin faoi mhallghluaiseacht, chonaic sé a athair ag tabhairt droim a láimhe do dhuine de na hógánaigh agus á shíneadh ar a fhad is ar a leithead ar an talamh. D'fhág an triúr eile Colm agus thug siad faoina Dhaid, ach is é a bhí in ann acu. Cé gur éirigh le duine díobh dorn sa tsúil a thabhairt dó, ba bheag an mhoill a rinne siad, ach thug siad na cosa leo, ag fágáil a gcara leagtha ina chnap ina ndiaidh. Ní rófhada eile a d'fhan seisean ann, áfach, agus faoi cheann leathnóiméid, bhí sé bailithe leis ar nós an diabhail.

Rith an t-athair ar ais mar a raibh a mhac ina luí.

'Bhí . . . bhí an ceart ag Niamh!' arsa Colm go lag.

Bhain a athair a chóta de, á leagan síos air mar bhlaincéad. Bhí scata daoine bailithe timpeall orthu anois, agus chuir sé duine díobh faoi dhéin otharchairr.

'Céard tá tú a rá, a mhic?' ar seisean.

'Bhí tú ann! Dúirt Niamh go bhfaca sí ann thú, ach níor chreid mé í. Dúirt sí go bhfaca sí thú . . .'

'Fuist. Ná bí ag iarraidh labhairt.'

Thóg sé amach ciarsúr agus chuir sé le srón Choilm a bhí ag cur fola go tréan é.

Is ea, bhí mé ann, ach d'imigh mé. Bhí tuairim agam go raibh Niamh tar éis mé a fheiceáil agus d'fhág mé an áit ar

fhaitíos go gcuirfinn isteach oraibh. Tá mé tar éis a bheith
ag spaisteoireacht thart ó shin.'
    'Chasamar go maith . . .' arsa Colm sular chaill sé
aithne ar fad.

    'Ceart go leor,' arsa Pól ag suí faoi ar chiumhais an
chosáin lasmuigh den Bhaggot Inn. 'Fanfaimidne leis an
trealamh go dtagann m'athair. Ach ní dóigh liomsa go
dtiocfaidh sibh ar Cholm. D'fhéadfadh sé a bheith áit ar
bith anois.'
    'Bhuel, caithfimid iarracht a dhéanamh ar aon chaoi,' a
d'fhreagair Niamh. 'Buailfimid libh sa phluais níos déanaí.'
    Ní raibh siad ach cúpla nóiméad ag siúl nuair a thug
siad corraíl éigin faoi deara ag bun na sráide.
    'Ní fheadar céard tá ag tarlú thíos ansin?'
    'Tionóisc bhóthair, b'fhéidir,' arsa Niamh, ag féachaint
ar an slua mór a bhí bailithe ann.
    'Seo linn,' arsa Cian, ag cromadh ar rith. 'B'fhéidir go
mbeimis in ann cabhrú ar bhealach éigin.'
    'Fan liomsa!'
    Díreach agus iad ar imeall an tslua, chuala siad an
t-inneall á dúiseacht. Lasc an t-otharcharr tharstu ar nós
na gaoithe agus a bhonnán ag scoilteadh an aeir mar a
bheadh scian ann.
    Agus ábhar a bhfiosrachta imithe, thosaigh na daoine
ag scaipeadh. Bhí an cás giotáir fós ar an talamh san áit ar
thit sé ó Cholm. D'aithin Niamh ar an láthair é. Lig sí
scread chráite aisti, ag briseadh tríothu, agus ag rith go dtí
é. D'ardaigh sí é agus thosaigh sí ag cuardach ainm Choilm
air. D'aimsigh sí é gan mhoill . . .
    'C . . . Céard a tharla anseo? Céard a tharla? Cá bhfuil
sé? Cá bhfuil mo dheartháir?'
    Chonaic sí fuil ar an talamh, agus is beag nach
ndeachaigh sí as a meabhair ar fad le scéin.
    'Ar . . . ar tógadh leaid ard fionn san otharcharr sin?'
    D'fhéach na daoine uirthi agus snaidhm na péiste ar a
mbéal. Sa deireadh labhair ógánach amach go faiteach.
    'Ionsaíodh an leaid ar leis an cás anseo. Tháinig duine i

gcabhair air, ach bhí sé gortaithe. Bhí sé gan aithne gan
urlabhra. Ghlaoigh mise ar otharcharr, agus tugadh chun
an ospidéil é.'

'Cén t-ospidéal?' arsa Cian go deifreach.

'Níl a fhios agam.'

'Ospidéal San Séamas atá ar diuité inniu. Is ansin a
thabharfar é,' a d'fhógair seanfhear taobh leo.

Sheas Cian amach i lár an bhóthair.

'Tacsaí!'

Ba bheag nár leagadh é. Chualathas screadaíl coscán,
agus stop an carr cúpla orlach uaidh.

'Cén saghas amadáin thú?' a scairt an tiománaí amach
an fhuinneog.

'Tá sé práinneach!' arsa Cian, ag oscailt an dorais chúil
agus ag treorú Niamh isteach.

'Ospidéal San Séamas! Brostaigh, le do thoil!'

'Ó a Thiarna!'

Bhí Niamh ag féachaint ar na foirgnimh iomadúla a bhí
scaipthe ar fud na háite taobh istigh de phríomhgheata an
ospidéil. D'fhág an tacsaí iad ag cuaille mór a raibh
saigheada treorach ag gobadh amach as ar gach taobh.

'Tá an áit seo ar nós an Zú!' ar sise.

'Is chuig an Aonad Taismí a thabharfar ar dtús é,' arsa
Cian.

Ar dhul isteach sa seomra feithimh dóibh, in ionad na
bplód mór a raibh siad ag súil leo, ní fhaca siad ach
ógánach amháin a bhí ina shuí ar bhinse leis féin agus
bindealán fuilsmeartha dá dhéantús féin fillte ar a láimh.
Lean siad orthu isteach i seomra eile mar a raibh botháin
bheaga ina raibh daoine á scrúdú ag na banaltraí. Bhí
cuirtíní timpeall orthu ar mhaithe le príobháideachas,
agus ní raibh siad ábalta a dhéanamh amach cé acu an
raibh Colm istigh i gceann díobh nó nach raibh. Chuala
siad corrscread phéine, ach taobh amuigh de sin, bhí an áit
sách ciúin; gan le cloisteáil ach glór toll banaltra ó am go
chéile ag ceistiú othair, agus cogarnaíl fhéinchoinsiasach
an duine ghortaithe á freagairt.

'Caithfidh sibh fanacht sa seomra feithimh. Beidh duine éigin libh ar ball!' a d'fhógair an mátrún go mórchúiseach, ag teacht amach as oifig agus ag sméideadh orthu imeacht.

'Tá mé ag cuardach mo dhearthár,' arsa Niamh go sciobtha. 'Ionsaíodh é sa chathair, agus tugadh anseo in otharcharr é.'

'B'in é an leaid fionn sin?'

'Is ea.'

D'fhéach an mátrún uirthi go grinn.

'An tú a dheirfiúr dáiríre?'

'Is mé! An bhfuil sé anseo?'

'Bhuel, níl sé anseo san Aonad Taismí a thuilleadh. Teastaíonn ó na dochtúirí é a choinneáil istigh thar oíche. Tá sé bogtha go dtí barda sa phríomhfhoirgneamh. Fan soicind.'

Chuaigh sí isteach san oifig agus rinne sí glaoch teileafóin.

'Caithfidh go bhfuil sé go dona má tá siad á choinneáil istigh!' arsa Niamh go himníoch.

Rug Cian ar láimh uirthi. 'Tóg go bog é. Dúirt sí 'thar oíche'. Ciallaíonn sin nach bhfuil siad ach ag iarraidh súil a choinneáil air ar feadh tamaillín ar eagla na heagla.'

'Tá sé i seomra leis féin,' arsa an mátrún. 'Tig leat é a fheiceáil más mian leat.'

Gheal a haghaidh. 'Níl sé gortaithe go dona mar sin?'

Rinne an bhean gáire shéimh. 'Ní dóigh liom é. Tháinig sé chuige féin arís san otharcharr. Ní cheapann na dochtúirí go bhfuil aon dochar rómhór déanta – a bhuíochas sin ar d'athair!'

Leath a béal ar Niamh.

'M'athair?'

'Is ea. Murach d'athair, bheadh scéal i bhfad níos gruama le hinsint agam duit, déarfainn! Tá sé in éindí leis anois.'

Bhí Colm ag suí aniar sa leaba agus cúpla piliúr mór lena dhroim. Bhí a Dhaid ar chathaoir in aice leis. Ní raibh focal ráite ag ceachtar acu ó d'fhág an dochtúir iad cúig nóiméad roimhe sin. Bhí Colm ag stánadh roimhe gan cor as. Bhí an t-athair corrthónach ar an gcathaoir chrua, agus gach féachaint aige ar an doras faoi mar a bheadh sé ag guí Dé go dtiocadh duine éigin tríd. Bhí fonn millteanach air caint éigin a chur ar a mhac ach bhí ag teip air oiread agus abairt amháin a chruthú.

'Em . . . cén saghas duaiseanna atá le buachan sa chomórtas sin?' ar seisean ar deireadh.

Ní dúirt Colm dada ar feadh cúpla soicind, ansin d'fhreagair sé go mall stadach:

'Em . . . trealamh stáitse . . . agus am stiúideo . . .'

'Tuigim.'

D'imigh nóiméad eile thart. Ansin labhair an t-athair arís.

'Meas tú ar bhuaigh sibh?'

Níor fhreagair Colm é an uair seo. Ní dhearna sé ach a cheann a chlaonadh. Bhraith an t-athair an seanchoimhthíos ag brú orthu arís. Bhí an iliomad rudaí ag rith trína intinn. An t-ionsaí sa chathair. An fuath sin i súile na n-ógánach. An fuath a thugadh sé faoi deara i súile a mhic féin uaireanta. Sheas sé. Bhí sé idir dhá chomhairle cé acu ba cheart dó fanacht nó imeacht. Bhraith sé an tuirse ag breith air ar deireadh. Ní raibh uaidh ach a shúile a dhúnadh. Leag sé a lámh ar ghualainn a mhic go faiteach.

'Cogar, tá mise chun . . .'

'Lig dom!'

Chroith Colm a lámh de. D'ardaigh sé a cheann agus thug sé féachaint chráite ar a athair. Bhí sé ag osnaíl ghoil agus é ag iarraidh focail a chur ar an stoirm mothúchán a bhí ag brúchtaíl aníos ann.

'Ní . . . ní . . . dúirt tú . . . dada liom!'

'A Choilm . . .'

'Cén fáth? Cén fáth nach ndúirt tú dada liomsa?'

'Céard . . . ?'

'Ba í mo mháthairse í! Lá amháin bhí sí linn, agus an chéad lá eile bhí sí marbh! Bhí mé ag caint léi maidin amháin, agus an chéad mhaidin eile bhí sí imithe go deo! Cén fáth nach ndúirt tú dada liomsa? Bhí a fhios agat go

raibh sí ag fáil bháis. Bhí a fhios agat! Ach ní dúirt tú dada liomsa! Cén fáth?'

Bhí sé ag caoineadh go hoscailte anois; deora géara feargacha ag sileadh lena ghrua. Bhí a athair scanraithe.

'D'inis . . . d'inis tú an fhírinne do Niamh,' ar seisean, ag snagaíl. 'Ach ní dúirt tú dada liomsa! Céard a rinne mé ort nach ndéanfá an fhírinne liom? Céard a rinne mé ort?'

Níor fhéad sé níos mó a rá. Thit an lug ar an lag aige, agus chaoin sé uisce a chinn, a athair ag féachaint air le scéin, é sioctha ag a raibh ag tarlú os a chomhair. Lig sé dó ar feadh tamaillín, ansin shuigh sé ar thaobh na leapa in aice leis.

'A Choilm . . .'

Bhí an racht goil beagnach thart. Chuir sé a lámh ar cheann cromtha a mhic, ag cuimilt a láimhe dá ghruaig aimhréidh.

'Ní dhearna tú dada orm a mhic. Mise a rinne éagóir ortsa. Bhí mé chun insint duit, creid mé go raibh, ach bhí tú óg. Is fear anois thú, ach dhá bhliain ó shin ba pháiste fós thú. Bhí mé ag iarraidh teacht ar bhealach éigin chun an scéal a mhíniú duit i dtéarmaí a thuigfeá. D'aontaigh do mháthair liom; b'ise a thug orm é a dhéanamh mar sin. Ach, bhuel, shíleamar go raibh níos mó ama aici ná mar a bhí, agus . . .'

Thost sé. Bhí sé róchorraithe lena thuilleadh a rá. Tar éis tamaill fhada, d'ardaigh Colm a cheann go mall, agus chas sé ina threo cé nár thug sé aghaidh air i gceart go fóill.

'An mbraitheann tú uait í?'

Tháinig féachaint smaointeach imigéiniúil i súile an athar agus rinne sé gáire cumhach.

'An mbraithim uaim í? Á, a mhic, ní imíonn nóiméad thart nach mbraithim uaim í. Dúisím uaireanta i lár na hoíche, agus ceapaim go bhfuil sí taobh liom. Cloisfidh mé doras na sráide á oscailt, agus ar feadh ala, beidh mé ag ceapadh gurb í atá ann, ag filleadh ó na siopaí, nó . . .'

'An dtarlaíonn sin duitse?' D'fhéach sé air den chéad uair. 'Tarlaíonn sé domsa freisin! Uaireanta déanaim dearmad ar feadh soicind go bhfuil sí marbh. Ritheann rud éigin liom agus deirim liom féin 'Caithfidh mé sin a rá le Mam', ach ansin cuimhním orm féin.'

Shuigh sé aniar sa leaba.

'Ní dhéanfaidh mé dearmad uirthi go deo.'

Bhraith an t-athair na deora i gceann a shúl.

'Ní dhéanfaidh, ná mise.'

Chuir sé a lámha timpeall ar a mhac, agus d'fháisc sé lena ucht é.

'Seo é an seomra.'

'An bhfuil tú cinnte go bhfuil muid ar an urlár ceart?'

'Tá! Féach, tá a ainm ar an doras. Seo leat.'

Sheas Niamh taobh amuigh den doras ar feadh cúpla soicind. Ansin bhuail sí cnag éadrom air agus shiúil isteach. Chuir a bhfaca sí iontas uirthi. Bhí Colm agus a hathair ina suí ar thaobh na leapa ar a suaimhneas agus iad ag caint go ciúin le chéile. Bhí rian na ndeor ar aghaidh Choilm, agus bhí cuma an-tuirseach ar a hathair, ach ar chúis aisteach éigin bhraith sí síocháin orthu nach raibh braite aici le fada an lá. Bhain crot Choilm stangadh aisti, áfach. Bhí a aghaidh brúite go dona, agus bhí leathshúil leis sreangach.

Ó, a Choilm féach ar d'aghaidh!'

'Ní dada é,' a d'fhreagair sé go cotúil. 'Breathnaíonn sé níos measa ná mar atá sé dáiríre.'

'Agus a Dhaid! Céard a tharla do do shúil?'

Insíodh an scéal di, agus bhí uirthi suí fúithi ar an gcathaoir le méid a hiontais.

'Thángamar ar do ghiotár.' ar sise faoi dheireadh.

'A dhiabhail! arsa Colm. 'Bhí dearmad déanta agam air! An gcreidfeá sin?'

'Bhuel is maith an rud é gur thángamar air, a bhuachaill!' arsa Cian ag teacht isteach sa seomra.

'Tuige?'

'Mar go mbeidh sé ag teastáil uait sa bhabhta ceannais!'

Tháinig coinnle ar shúile Choilm le lúcháir.

'Bhí a fhios agam go mbuafaimis! Nach ndúirt mé libh?

Nach ndúirt mé libh?'

'Hmmm, is dóigh liom go ndúirt tú rud éigin mar gheall air!' arsa Niamh go rógánta.

'Anois, caithfimid tosú ar bheith ag réiteach chuige láithreach. Tá gá againn le cúpla amhrán nua. Beidh cruinniú againn a luaithe agus . . .'

Ósclaíodh an doras,agus shiúil banaltra isteach, teirmiméadar ina láimh.

'Caithfidh mé an ruaig a chur oraibh. Tá na huaireanta cuartaíochta i bhfad thart, agus marófar mé má thagann an mátrún oraibh!'

Thóg an cailín teocht Choilm.

'Dhá nóiméad!' ar sise agus d'imigh sí léi.

'Bhuel, fágfaidh mise sibh chun na pleananna sin a dhéanamh,' arsa an t-athair. D'fhéach sé ar Cholm go leathchúthail.

'Glaofaidh mé ar an ospidéal maidin amárach lena fháil amach céard tá i gceist acu a dhéanamh leat.'

'Ceart go leor.'

Rinne sé ar an doras.

'A Dhaid . . .'

'Sea?'

'Em . . . go raibh maith agat.'

D'fhéach an t-athair ar an urlár ar feadh cúpla soicind. Ansin thug sé aghaidh ar a mhac arís. D'éalaigh gáire ar dheacair a dhéanamh amach cé acu cumha nó lúcháir ba bhun leis thar a aghaidh.

'Feicfidh mé amárach thú.'

Chroith sé slán le Niamh agus le Cian agus d'imigh sé amach an doras, á dhúnadh go ciúin ina dhiaidh.

Ní mórán ama eile a chaith siad sa seomra, áfach. Ba bheag a dúirt Colm tar éis dá athair imeacht, agus bhraith Niamh agus Cian go mb'fhada leis go n-imeoidís féin, á fhágáil i dteannta a smaointe. Shocraigh siad bualadh le chéile sa phluais a luaithe agus a ligfí Colm amach as an ospidéal, agus d'fhág siad slán aige. Rinne Niamh iarracht bheag eile ar é a mhealladh chun cainte sular imigh siad ach theip glan uirthi.

Bhí an oíche ag glanadh agus iad ag siúl amach faoin aer arís. Bhí na scamaill ag scaipeadh, agus bhí an ghealach á taispeáint féin go treallach, ag ruaigeadh an dorchadais agus ag cur drithleachta ar an gceantar máguaird.

'An ndéarfaidh tú dada le d'athair anois?'

D'fhéach Niamh uaithi.

'Ní dóigh liom é.'

'Meas tú an bhfuil an cogadh thart?'

'Cá bhfios? Tá súil agam go bhfuil. Tharla rud éigin eatarthu sa seomra, tá mé cinnte de sin.'

'Tá drochscéal agam duit.'

'Céard é féin?'

'Níl pingin againn. D'imigh a raibh sa sparán ar an tacsaí.'

'Hmmmmm!'

'An rachaimid i muinín na hordóige?'

Chaith Niamh a ceann siar, á líonadh féin le haer cumhra na hoíche.

'Ná bac. Tá fonn siúil orm.'

Chuir Cian a lámh thairsti agus neadaigh sí isteach lena thaobh. Shaoraigh an ghealach í féin óna clúid néalta arís. Chualathas bonnán otharchairr i gcéin.